U0552821

Nagai
Kafu

浮 沉

Fuchin

〔日〕永井荷风 著

李讴琳 译

人民文学出版社
PEOPLE'S LITERATURE PUBLISHING HOUSE

Nagai Kafu
Fuchin

图书在版编目(CIP)数据

浮沉/(日)永井荷风著;李讴琳译.—北京:
人民文学出版社,2024
(记忆的角落)
ISBN 978-7-02-018501-6

Ⅰ.①浮… Ⅱ.①永… ②李… Ⅲ.①中篇小说-日
本-现代 Ⅳ.①I313.45

中国国家版本馆 CIP 数据核字(2024)第 003020 号

责任编辑 朱卫净 周 展
装帧设计 李苗苗

出版发行 **人民文学出版社**
社 址 **北京市朝内大街 166 号**
邮政编码 **100705**

印 制 **山东新华印务有限公司**
经 销 **全国新华书店等**

字 数 **88 千字**
开 本 **787 毫米×1092 毫米 1/32**
印 张 **6**
版 次 **2024 年 1 月北京第 1 版**
印 次 **2024 年 1 月第 1 次印刷**

书 号 **978-7-02-018501-6**
定 价 **45.00 元**

如有印装质量问题,请与本社图书销售中心调换。电话:010-65233595

记忆的角落，也会有光

一

　　每月十号，无论晴雨，贞子都会从位于栃木县某町的家里到东京去扫墓，至今如此。这一天是她亡夫的忌日。

　　她总是乘坐东武电车，两个多小时到达浅草花川户的车站，然后，立刻乘坐在站外等候客人的出租车赶到青山墓地，扫完墓后马上沿着同样的路线返回。她不顺道去任何地方。她既没有顺道去别处的心情，也没有可以顺道去的地方。如果发车时间合适，她倒是偶尔也会去趟松屋百货店。不过，那是为了帮继母和妹妹买她们要的东西。哪怕换季时店里陈列的和服面料有稀罕的新花样，她也不会回头看，不会停下脚步。至于雷门那一边的商店街，她一次都没有去过。实际上，就连观音，她也只是路过的时候远远鞠个躬而已。然而，偏偏在这一天，贞子像很早以前就已经想好了似的，走出松屋的大楼后没有坐"一元出租车"①，而是穿过后面的小路，走到商店街中间，然后立刻上台阶来到佛堂前。她投完香钱后，不仅合掌祈祷了片刻，还抽了签。

这是因为，贞子已经做好了心理准备，她知道自己恐怕不能在寡居后回到的娘家长期住下去了。实际上，尽管她还没有想好是否要再婚，就已经有一个她打心眼里不喜欢的中学老师，私底下态度坚决地向她父母提亲了。她得知这件事后，恨不得当天就假托扫墓离家出走。

她一边把读完的神签仔细叠好，塞到衣襟间，一边下了佛堂旁边的台阶，汇入露天摊位之间的人群中，向从未去过的淡岛神社的石桥走去。

因为她今天出门比平时略晚，所以十月的阳光已经倾斜，从木马馆的屋顶上照进那片茂盛的、已经开始变色的高大朴树的树梢里。贞子看看手表上的时针，不慌不忙地穿过淡岛神社。神社后面宽敞的空地里立着好几把长椅，她挑了一把树荫下不容易被人看见的椅子，环视四周后静静地坐了下来。

---

① 1924 年起，陆续开始在大阪、东京运营的出租车，费用一律为 1 日元。

2

贞子从上学的时候开始，就被称为当地首屈一指的美女，但她并不觉得自己有多么美貌。比起脸型，直到现在她依然耿耿于怀的是比常人小巧的身材和矮个头。哪怕肤色再黑些，鼻子再塌点，她都毫不在意。让她苦恼的是身高，她希望自己能长得高点，就算不能再高一寸，多个五六分①也好。但是，她心里也很清楚，无论自己走到哪里，电车里也好，马路上也好，周围人的视线必然都会集中在她身上。因此，为了避开人们的视线，贞子喜欢上了更加拥挤的人群，要不就是一个人都没有的地方。

　　虽然摆放在宽敞空地各个角落的长椅上坐满了人，但是距离这边的树荫还远，而且没有人来人往。这让贞子很安心，她甚至从袖笼里取出香烟吸了起来。她注视着吐出的烟圈飘散而去，心里盘算着，若是今天就此不再回家，该去哪里。如果到了晚上，要在外面住，又该住在哪里。

　　五年前，贞子年仅十八岁。那时候，她是西银

---

① 长度单位，10分等于1寸，10寸等于1尺，1寸约合3.03厘米。

座的女招待。干了还不到半年，幸运女神就眷顾了她，贞子成了一个出色家庭的正妻。四年时间里，还有两个女仆供她使唤，直到她二十一岁的秋天……回忆往昔，正因事出意外，她如今才会感到一切只是黄粱一梦。按理说婆婆是令儿媳妇发怵的存在，可是她的婆婆待她如亲生骨肉一般，就像疼爱女儿一样疼爱她。因此，当她的丈夫得了急病去世，她直到一周年忌日后，还继续陪伴在婆婆身边半年多。她甚至下定决心，一辈子留在这个家里守寡。但是，亡夫的堂弟试图成为入赘女婿，继承丈夫的家业，所以贞子主动提出取消自己的户籍，含着泪回到了乡下贫穷的家。那恰好是去年的这个时候。离开住惯的家时，婆婆叮嘱她说，东京离得不远，出来的时候要到家里来玩，而且想住多少天就可以住多少天，因而贞子曾去看望过她一两次。所以，如果今天晚上没有地方住——她当然无处可去——是可以到小日向水道町那座宅子去的。然而她又觉得，以自己现在的身份，目睹再也不会回来的幸福留下的遗迹，与其说是悲伤，不如说是过于凄惨、过于心酸、痛苦至极的。

就在贞子发现烟灰落在膝盖上的时候，她忽然想起来，五年前和自己一起包吃包住在银座店里上班的蝶子，做了著名美术家津村先生的小妾，在上野的池之端开了一家咖啡馆。

两三个月之前，她和蝶子在东武电车的车站前偶遇，还一起喝茶聊天。此后她们就开始通信，但是她还没去拜访过。

贞子从手提包里取出当时收下的名片，闭上眼睛在口中默念，想要把门牌号背下来。就在她想去买点礼物略表心意、起身走向商店街的时候，遇到一大群人正列队游行而来。领头的是乐队，后面一大群人把一位出征士兵围在正中，他肩上斜挎的红带子上写着姓名。仔细一看，四处尤其是仁王门下站着七八个女人，正在请求大家帮忙完成"千人针"①。其中还有一位看着像是年轻的妻子，衣着讲究，因而显得更为可怜。商店街两侧混乱地响起当时还没听腻的各种军歌，背光的铺子早已点亮了电灯。贞子忽然着急起来，她匆忙地缝上一针，逃也

---

① 由1000个女人在一块白布上用红线每人各缝一针制成的腰带。

似的加快了步伐。就在这时，交错而过的人群中突然有人大声喊：

"清岛小姐！"

那是一个年近三十、眼睛圆睁着东张西望、皮肤黑黝黝的瘦削男子。他留长的头发卷曲得厉害，也不戴帽子。他似乎故意不穿短外褂，只套一件碎白点花布的夹衣，手里拿着一本新出版的杂志和一根竹手杖。此人正是不断出入贞子娘家、想要娶她、可是她并不喜欢的英语老师藤木。

"您今天休息吗？"

贞子为了掩饰内心的波澜，故意恭敬地弯下腰鞠躬道。

藤木旁若无人地说：

"我想见你啊，所以就追来了。"

"哎呀，您找我有什么事呢？"

"我刚才去你家了。你母亲说你刚出了门去东京扫墓，所以我就连忙赶来了。我坐出租车去青山墓地，可是不知道你在哪里，于是打算在车站等你回来。你看呀，清岛小姐，你家里的人总是很多，没办法好好求你。所以，我想趁你来东京的时候，在电车上或者其他地方和你说说话。我其实一直在等这样的机会。"

"哦，你要跟我说什么呢？"

"说什么？清岛小姐，你这样讲话就太过分了。我说，清岛小姐。"

贞子看他这阵势，简直是要不顾旁人目光来握她手似的。贞子又懊恼又害怕，吃惊地瞪着男人的脸。可是，她又不愿在这种情况下惹人注意，所以好不容易才柔声道：

"我着急去趟青山。你等等我，在哪儿都行。"

"我和你一起去好吗？"

"你等我。我很快就回来。候车室或者其他地方都行。今天我可以晚点回家，到时候我们再好好聊……"

贞子一边说，一边朝雷门方向一路小跑钻进了人群中。

二

　"是啊，那可真是不好办。我明白的。"

　"就在商店街的正中央，这样那样地一个劲儿缠着我。我没办法，只好跟他说在车站会合，看个电影什么的再一起回去。这才逃了出来。"

　"那他现在肯定正在东张西望，望眼欲穿呢！"

　"他爱等多久就等多久吧！我当时真的很懊恼，恨不得踢他一脚。"

　"不就是个老师嘛！照我说，贞子，他也是太自负。不过，想想这事真让人害怕。"

　"就是啊！现在的人，青年也好，大学生也好，都是一点也不能大意的。就说小石川我婆家，我丈夫死后，只剩下我和婆婆两个女人，立刻就有人盯上了我家的财产，那还是我丈夫的堂弟呢！他本来在农业大学，一看我家情况，就开始算计着到我家来继承家业。我刚开始还搞不清状况。你知道，我是入了户籍的，他不能毫无理由地把我赶走。所以，他想先从我下手，然后跑到我们家里来。我思前想后，前一阵也跟你说过，我觉得自己在那个家里无论如何也待不下去了——如果有孩子另当别论，可我孤身一人。无论婆婆怎样庇护我，今后的际遇都必然是悲惨的。所以我和婆婆商量过了，又和乡下的爸爸说好，决定暂且回娘家住住。不过，家里的弟弟明年要上中学了，妹妹也要上女校了，寡居回家的我，是不可能永远这样任性的。可是，我既没有立刻结婚的指望，也不愿意慌慌忙忙去不好的地方……"

"对啊！你说得对。"

"蝶子，你怎么看？我想再出来工作，可以到银座，也可以去其他地方。"

店里头开始播放流行歌曲唱片，客人的说话声和女人的笑声渐渐热闹起来。两个人落座的二楼房间尚未开灯。不知何时，穿衣镜反射的窗外亮光也消失了，两个人连彼此的面容都看不清了。就在这时，隔着邻家屋顶亮起来的璀璨霓虹在一整面玻璃窗上投下红彤彤的灯光，又一次点亮了狭小的房间。

"蝶子，你不用照看店里吗？我看会儿书，你不用管我的。"

"没事，没关系的。我这里就是纯粹的咖啡馆，不卖酒。而且……"蝶子伸手拧开书箱上的台灯，"刚入夜的时候来的都是些大学生，交给下面的人就行。"

"那就好。要是打扰你做生意，我就不好意思了。"

"嗨，你要是这么客气，为难的可就是我了。我说，你今晚就在这住下吧！我也有很多事情想讲给你听。今儿晚上我们躺下后敞开心扉好好聊聊。其实……听了你的故事，也见了听了不少银座老板娘的事情，我觉得自己目前的状态虽然凑合，可是也必须要为今后多做打算了。毕竟我已经二十三岁了嘛！比你还大一岁呢……关于他，也有些不能跟外人商量的事。"

"他每天都来吧？"

"嗯。不过这两天他旅行去了。"

"他……画画方面是个厉害人物，对吧？"贞子抬头仰望横木上那幅蝶子身穿单衣和服的半身粉彩画，说道，"这个也是他画的吧？"

"嗯，"蝶子点点头说，"今年春天他太太去世了。所以，他提出让我关了这家店到主宅去生活。虽然听说他有孩子，但是个女儿，而且也没有婆婆，所以在我是求之不得的好事。可是，我思前想后，担心福气太好反而物极必反，因而考虑是不是该就这样继续做个小的。"

"是啊，我就是福气太好反而遭殃。可是，蝶子，我也有这样的想法。若万事都小心谨慎是什么都办不成的。小心谨慎不就是胆小怕事吗？所以，我觉得一旦有机会，就该大胆地尝试一回。虽然无论多么忠实多么正直，不成的时候还是不成，可是，如果做了自己认为正确、认为好的事情，却仍然不成的时候，可以干脆爽快地放弃。这样就不会后悔。我现在就是这样的心情。和命运做斗争，输了也是无可奈何。凭一个女人的力量办不到的话，就只能放弃。所以，我尽管如此，却并不是很悲观……"

贞子说着说着，突然意识到自己和平时的气质完全不相符，滔滔不绝——而且甚为高谈阔论。她忽然羞怯起来，闭上嘴看看对方的神色。

"是啊，我们应该勇敢地行动。就像萝拉的老板娘那样！"

萝拉是五年前两个人上班的西银座的咖啡馆。

"我后来一次也没去过萝拉，没什么变化吧？"

"我没写信告诉你吗？那家店已经易主了。就是两三个月之前的事。我是听来的，不知道是真是假，听说她结了婚去'满洲'①了。"

"哎呀，是吗？我们在的时候，她年纪就不小了吧？三十好几了吧？"

"将近四十了吧？随心所欲的结果……她真是勇猛有余啊！"

"不过她是个好人。放荡不羁，但没有恶意……"

"那时候有个叫阿三的人，你还记得吗？她时不时来这里玩。"

---

① 日本帝国主义侵占中国东北后，1931年11月，日本侵略者把已废黜的清朝末代皇帝溥仪从天津秘密接到东北。1932年3月9日在长春成立伪满洲国，溥仪为伪执政。同年4月即同日本政府签订卖国的《日满协定书》，按此密约，伪满洲国的一切活动，都必须听从日本指挥。1934年3月1日更名为"满洲帝国"。1945年随着中国抗日战争的胜利而覆灭。

此处按原文直译。

“是啊，我记得她比我稍高些，圆脸蛋。我不干了的时候，是她来接替我的，所以我不熟悉。她怎么了？”

“她可棒了。我应该有照片，”蝶子拉出书箱下面的抽屉，取出一张穿着男装骑马的女人照片来，“据说她的金主是某个大使馆的武官。目前，在银座认识的人里，他只和阿三往来。她已经有一阵没来了，我总觉得今天她可能会来。”说到这里，她俩听见楼梯处似乎有脚步声，于是侧耳倾听，但是没有一个人上来，只是更清晰地听见了店里唱片中小提琴的独奏声。

三

　　藤木倚着东武电车浅草站入口台阶最高处的大理石栏杆，视线在检票口、候车室出入口和上台阶的人群这三处来回逡巡。他不时看看自己的手表，又对对站内的钟。钟表上的时针不知不觉中已经走过了傍晚七点，可是哪里都没有贞子的身影。他吸完了樱花牌香烟盒子里仅剩的那支烟，感到饥肠辘辘。然而，藤木又担心自己走开去买香烟、买食物的时候和贞子错过，因此不愿离开这个能看清站内三个方向的绝好地方。随着时间的流逝，等得越久，肚子越饿，心情越焦急，他更是一瞬间都不能离开那个地方了。

　　刚才，有两群人给去宇都宫或高崎入伍的士兵送行，因此检票口到站台一时间因为军歌和接连不断的"万岁"声热闹不已。但是他们走后，四周一下子变得寂静，只听见不着急赶路的乘客在地上拖曳木屐的声音。他觉得站内的灯火似乎都黯淡了下来。眼见开往日光的最后一班列车也快要出发了。

如果赶不上这班车，今晚就回不到某町了。然而等候的人直到现在都未出现。藤木终于烦躁了起来，他不由自主地用木屐咔哒咔哒地踩着地面上铺的石头，接二连三地叹气。

"哎呀，这不是藤木吗？"

突然听见有人叫他，他应声一看，是一个四十五六岁的高个子男人，身穿茶色外套，头戴礼帽，唇上一层薄胡须，戴着眼镜，身边还有一个女人。藤木搞不清那是不是他的妻子，总之容貌并不难看，大概二十七八岁，小巧玲珑的，还拎着一个礼物似的纸包。

"是老师啊！我没注意到您……"

藤木似乎大吃一惊，一个劲儿地眨巴眼睛。

"我去日光赏红叶了。"

"哦，不错啊……"

"你还在某町的学校吧？"

"是。"

"真让人佩服。其实我以前还担心你干不长呢。"

"是。好歹算是干下来了。"

"待上一段时间，你是不是发现地方上的学校也不错？比起在东京懒懒散散，在地方上还能学习学习。"

"但是刺激太少了，所以反而什么都干不成。已经整整一年了，老师您在东京可别来无恙？"

"还继续干着呗。我们先到那边喝喝茶吧！"

"是。"

藤木心里惦记着女人的事，但还是跟着两个人出了站。松屋高大楼房外侧的装饰灯映照着"国民精神总动员"的文字，远处田原町的上空辉映着仁丹的通红广告，周围熙熙攘攘，热闹非凡。三个人朝着吾妻桥方向走去，在街角找了家安静的咖啡馆坐下。

"今后不是我、而是你们年轻人活跃的时代了，所以，你恐怕还是来东京的好。"

"和老师您有关系的报纸杂志方面，有什么我能做的工作吗？"

"倒不是没有。但是，你必须知道，文学——纯文学是没有将来的。你是喜欢诗歌吧？哀愁呀、回忆呀之类的，在今后的时代可是禁忌哟。"

"哦，管得这么严格了？"

"我最近也刚辞掉了某大学的讲师职务。英语也会逐渐派不上用场的。我要出一本某个方面的机关杂志，现在正为此四处奔波呢。只不过还不能公开宣布这个消息。等再有些眉目了，要多少工作我手里就有多少工作。所以啊，你在乡下再忍耐一段时间。"

"是。"

"你读书的时候住在哪儿？在东京有亲戚吧？"

"我在二本榎有亲戚。就在净云寺，我上学时住在那儿。"

"我后来搬到四谷去了。名片上写着门牌号。一有工作我就通知你。不过，最近你要有空就来找我聊聊吧！"

"好，我一定拜访。就这两三天。"

"电话名片上也有。"

女伴从洗手间出来的时候，老师从椅子上站起身来。藤木目送两个人坐上出租车离开后，立刻踏上东武电车车站的台阶，抬头一看时钟，时间比想象的花得久，返回某町的最后一班车在短短五分钟之前出发了。贞子也许就坐在那辆车上。又或者，她从一开始就未打算到候车室来，而是要去某个熟人家借宿——藤木揣摩着贞子的去向，不得不开始考虑眼下自己该去哪里过上这一夜。

四

在玉井某座房子的窗口。

"快进来吧！哎呀，我认识你呢！"藤木听人这样一说，不由得吃了一惊。藤木在学生时代，偶尔会跟着一个叫津村贤的富二代到这里来玩，不过总是对方掏钱请他。进的是哪一家，他当然也不记得。

"你认识我？认错人了吧？"

"别管这个了，进来吧。快点嘛，别让人着急。"

"我正在找地方住。"

"您要住下？太好了。"

"我回不了家了，正为难着呢。过夜多少钱？"

"给你便宜点，三日元吧，快进来！"

"真的？不会这个那个的又加钱吧？"

"我才不干这种坏事呢。你放心吧。"女人一边开门，一边抓住藤木胸口的衣襟使劲儿往里头拉。藤木脚步踉跄，说道：

"我没带钱哟。"

"没关系，快进来。在窗户跟前吵吵嚷嚷，要是被发现就麻烦了。"

女人关上门，一把抱住脱了木屐进屋的藤木，握着手把他领到二楼，说：

"我去拿茶水来。"

藤木把手里的杂志塞进怀里，在藤编椅子上坐下。他看见墙上挂着裸体照片，照片下面贴着纸质印刷的训示："为了彼此的健康，请使用卫生器具。寺嶋警署、玉井保健合作社。"这时候，女人端来一个带盖的茶壶，把桌上的盆景向前微微一推，把茶壶一放下，就坐在藤木膝盖上说：

"那么，你决定一下呗。"

"决定什么？钱吗？"

"我说，你能再多给一点吗？你要是给我五日元，我这就把店门关了。就这么定了吧！才十一点，离十二点还有一个小时呢。我说，好不好呀？这样的话，我也可以不用连着接客……"她一边说，一边伸出一只胳膊挽住藤木的脖子，低头去看藤木打开的钱包里头。

"明天的电车费……因为我不住在东京。"

"不是有十日元吗？我帮你破开。"

"没问题吗？"

"哎呀，你这个人疑心可真重。我是玉井最好的人了。我今天已经不愿意再做生意了，所以……"她一边说一边拿脸蛋蹭藤木的脸颊，"我说，我说，好不好吗？"然后，她接过十日元的钞票，同时对藤木说，"抱歉啊，请到这边来。"

女人把藤木领到隔壁的西式房间，说道："我去拿找您的钱。您先歇着。"接着就下了楼。

藤木站在原地，又稀罕地环视整个房间。这里靠窗的墙壁依然贴着那张训示，下面的桌上摆着花瓶，里头插着几枝花，在合上一半的红色窗帘后面，是一张床，枕边的床头柜上放着一盏带灯罩的台灯。花朵模样的墙贴脏兮兮的，有几张电影女演员的照片，转过来三面都装着镜子。

"哎呀，还没躺下呢。"藤木听见女人说话，转过身来一看，她身上的红色裙子已经换成了一件巴里纱的单衣和服。她把同样面料的单衣和服放在床上说："请换衣服吧！"

　　　　　※　※

　　拉着手风琴和曼陀铃沿街唱着流行歌曲乞讨的
人，不知何时已经销声匿迹。窗户外头的脚步声、
尖细的女声也消失了，街巷里的夜晚这才开始宁静
下来。藤木想趁着女人不在时多睡一会儿。他好几
次合上眼睛，可是隔壁传来的说话声搅得他无法入
眠。他伸出手想把台灯关掉，却见柜子抽屉里露出
纸片的一角来。他随手抽出来一看，是一个空平底
盘和两封信。他为了解闷，把手指头碰到的那一封
取出来，看看信封上收信人和寄信人的姓名，接着
又读起了里面的信……

　　　　与你分别不过四五日，却如隔三秋。在那
　　之后你可康健？我精神饱满，每日工作。每日
　　的工作，也有一半是在想你。越想你越无心思
　　工作。我真的很傻啊，请你不要笑话我。我一
　　直没有详细地告诉你，我的运气有多么差。无
　　论做什么都以失败告终。可是父母已不在人世，

因此我才持续这无聊的家业。请你体谅！虽然人笑我倾心于你这种待客服务之人，但我相信唯有你不是那种人，而且你一定会对我伸出援手。请时常写信给我吧！时间已晚，我就此搁笔。祝你健康。现在已是一点半，孤寂之余写下了如此无聊的文字，请不要笑话。我是认真的。我写的文字，请前后揣摩阅读。恋爱中的爱与梦，梦中的梦与爱。以往幽会时的快乐。

六月十八日凌晨一点半书

南千住一二零五东洋纺织东京工厂西宿舍三十一号

井田森藏

藤木照原样把信纸叠好放进信封，取出另一封来读。这和前面那一封完全不同，像是出自文学青年。但是，信纸没有按照顺序重叠在一起，所以他不知道该从哪里读起。

……千枝子小姐，因为那样的缘故，我对千枝子小姐十分感谢。我没有必要把这种事写在信上。即使写了，千枝子小姐也不会感到有趣可笑。但是，这对于我来说是人生中的一件大事。千枝子小姐，你读了这封信也不要生气。我接触千枝子小姐的生活之后，得到了一大可贵的教训。我的想法为之一变，得以走向光明。因此，我无论如何也不能保持沉默，我认真严肃地衷心感谢你。我只是想让你知道我的谢意。我以前一直受到红色思想的影响，但是自从爱上千枝子小姐，忽然因某件小事产生了转向的想法。因为我得以对服从、屈辱等等词语有了新的解释。只要是客人，千枝子小姐面对任何人都不会表现出好恶，一点都不在乎无论他是个什么样的人。而且，而且……这些话我不写出来，请你体察。而千枝子小姐从不悲观，也不自暴自弃，每日每夜都兴致盎然地度过。这条街上的女人，不仅是千枝子小姐，还有叶子小姐和隔壁的朱实小姐都是这样。一天傍晚，千枝子小姐去了走廊角落里那个房间之后，我独自一人难以入眠……我深入地观察千枝子小姐的行为，然后忽然想到，我要是能如千枝子小姐这样，面对命运和境遇既不反抗也不悲观，在服从中寻求安心就好了。服从并非屈辱。我以前认为，放弃以往的自由思想，转而信奉全体主义是面对强者的屈服，可是千枝子小姐以及这条街其他女性的生活——不，不仅是这条街。女性的生活自古以来就是全体主义。我们之所以认为那是无知，是因为我们无法从大局着眼来看待。我很清楚，对千枝子小姐说这些话是没有任何用处的。但是，我也做不到一言不发。女性不但比我们伟大得多，而且还是一种摸不清底细的神秘本身。千枝子小姐回应了一个男人的要求，然后立刻又去另一个男人那里。我静静地观察你的行为，不由得强烈地感到这是一种神秘……

无序重叠的信笺上的文字就此结束，后面的纸张无论在信封里还是抽屉深处都没有找到。藤木最初感叹，居然有这种讲歪理的愚蠢男人，可是忍耐着读完后，又感到他的话尽管愚蠢，却潜藏着类似真理的东西。于是，最初的轻视之念逐渐消失，如此不洁而低劣的生活，基于不同的观念和看法，也会发现潜在其中的某种深刻东西，唯有这一点藤木是不得不赞同的。

藤木感到自己从迄今为止忽略的事情中得到了教诲，把刚才觉得撕碎扔掉都无所谓的信郑重地塞进信封，和前一封信收在一起，放进了原来的抽屉里。他关掉台灯，闭上眼睛。不知何时下起雨来，窗外传来雨水滴落的声音。

五

　　银座即使过了半夜依然灯火通明，热闹非凡。大马路和后街自不必说，就连窄得侧肩过都困难的小巷里，咖啡馆、酒吧和茶馆也都竞相闪耀着霓虹灯，无休无止地播放着唱片。其中，西方人比日本人还多的店铺，数起来都不止四五家，一派繁华景象。

　　贞子靠报纸上的广告在那里一番打听之后，决定留在一家名叫拉福威尔的店铺当学徒。这家店也是面向西方人的酒吧，地点就在土桥附近的电车大道边，乍一看如同一间不起眼的办公室，里面也不是很宽敞。虽然没有配备收音机和唱机，但是室内入眼的每一件装饰，从家具到餐具，都和大马路上那些点缀着假花和灯笼的花里胡哨的咖啡馆不一样，显得高雅宁静，安稳祥和。收银台的女职员和当天上早班的女招待，都打扮得和正经家庭女子没什么差别，而且酒保说，发型也好，着装也好，只要打扮得当，日式西式都可以。贞子觉得，接下来想要不受到任何人令人心烦的打扰，孤独而平静地寡居下去，这家店再合适不过。于是，为了进一步了解情况，贞子决定直接留下来当学徒。

"太太很快就要来了。你休息一会儿吧！米米，这位是……"年龄大约四十有余的小个子男酒保把贞子介绍给正在角落桌旁叠餐巾的早班女招待，然后开始擦拭吧台的镜子。

他唤作米米的是一个十八九岁的圆脸姑娘。

"请坐，五点钟大家就来了。"

"我来帮你。"贞子坐下说。

"好，麻烦你。不过，这也就叠完了……你住在哪儿呀？"

"在上野……有店员在店里住吗？"

"有个叫宝拉的住在店里，刚走。"

"大家在这里都用洋名吗？"

"对，是的。你是接替宝拉的，估计你的名字就是这个了。"

一辆新款汽车在店门口停下了。驾车来的老人是一位五十来岁的白胡须绅士，和他一起走进来的是一位四十来岁、身着洋装的妇人，看起来像是他的夫人。一看他们的态度和店员的样子，贞子立刻意识到他们就是店主，于是第一个从椅子上起身。夫人一边把帽子和外套挂在墙上，一边简单地听了酒保的汇报，然后点点头说："哦，是吗？"然后看看再次问候致意的贞子说："时间之类的你已经知道了吧？请你好好学习。如果做得久，工资之类的当然会关照你。"

"是。"

夫人回过头看看像是她丈夫的老人，说道："我说，老公，她和之前在这里的特蕾莎长得一个模样呢。如果再高一点……"

贞子心想，无论走到哪里自己的矮个子都会被提起，虽然这是常事，但脸上还是露出了寂寥的笑容，一言不发。

"比特蕾莎可强多了。那孩子虽然轮廓不错，但是肤色黑呀！"店主吸着雪茄说，"你多大了？看上去十九岁左右吧……"

"我已经二十二岁了……"

"长得小巧占便宜啊！"夫人说，"给你起个什么名字好呢？"

"既然都说到特蕾莎了，就起这个名字不好吗？"

"是啊，那孩子很忠诚呢。那就这么办。兼田，"夫人唤吧台旁的男子说，"已经定下来叫她特蕾莎了。请你告诉回头来的人。"

"好，明白了。"

店主喝完米米端来的咖啡，很快就把夫人留下，自己一个人匆匆忙忙开着停在店门口的车离开了。与他擦肩而过进来一位洋装店的女子，开始给夫人展示毛料样板册和流行杂志。洋酒批发商的男人来询问订单，和酒保兼田聊起附近的闲话来。贞子套上了店里配备的短款侍者工作服，补好了妆。不过，还没有一个客人来，上晚班的女人们也还没有到。她隔窗向外眺望，大概是因为经过的电车快要到达土桥终点，来往的车辆都空荡荡的。做广告的锣鼓队行列似乎也筋疲力尽，只是迈着步向前走，并不敲打。在无风的温暖初冬接近黄昏时常见的倦怠与平静中，唯有对面房子的玻璃窗明晃晃地反射着夕阳的光，路面的一半被这一侧房子的阴影遮挡，在贞子和米米两人休息的店铺角落，光线昏暗得已经看不清物体的形状。一心一意读电影杂志的米米哈腰伸手打开了墙上的电灯，恰在此时，放在店里某处的座钟用纤细的声音温柔地鸣响了四点的钟声。钟里安装的八音盒立刻播放起一首民谣《夏日里的最后一朵玫瑰》①。贞子不由得侧耳倾听。

在小日向水道町的家里，这是她三年间朝夕倾听的熟悉乐曲，而且，在那以后直到今天，都不曾再度听闻到如此令人怀念的音色。贞子如今的境遇完全改变，已身处这样的环境里，而摆放在水道町那座房子茶室里的座钟，如今一定一如往常，在同一时刻奏响。一想到这里，眼泪似乎就要无来由地涌上眼眶。她慌忙将脸撇向一旁，暗地里眨眨眼睛。

※　　※

明治初年尚未废藩之际，有一姓氏为辰野的名士。他留美学成归国，立刻成为太政官的官员，后来获得法学博士学位，随年龄增长加官晋爵，至明

---

① 古老的爱尔兰民歌。

治二十三年（1890 年）帝国议会首次召开之时，已成了贵族院议员。他的嫡子毕业于英国剑桥大学，成了前程似锦的外交官，但不幸的是，他尚未升任敕任官就英年早逝，留下了年轻的夫人和独子。

这位独子长大成人，在进入理科大学攻读植物学期间，偶然爱上了银座咖啡馆萝拉的女招待贞子，令母亲无比担忧，但最终将她娶回了家。这是因为某个晚上，就在两人驾车出门游玩，打算在某处住宿的时候，被巡警发现带到警署。那时候社会上已经因为暗杀和阴谋的暴露等等局势动荡。第二天早晨，他母亲被叫到警署时，偶然见到了贞子看似十六七岁的天真烂漫模样，无缘无故起了恻隐之心，产生了能救便救的念头。这位母亲早年就已成为基督教徒，从英国人开办的学校毕业之时，就因为把斯托夫人和乔治·艾略特的小说翻译成日语而震惊了这一领域的学者。丈夫早逝之后，她为了慰藉儿子独自一人的孤寂，偶尔也起过领养一个女孩子的心思。她找人调查了贞子的身世，得知其父从上一代开始就居住在某町，是一位朴实正直而不善言辞的毛笔店店主。他一面制作毛笔，一面让其后妻售卖文具、糖果补贴家用。母亲放下心来，干脆满足了儿子的心愿。

母亲长年累月过着安静的寡居生活，自然而然读了很多书，无意间精神上也有了很高的修养，后来虽然没有执笔，但是具备了十九世纪上半叶西方文学中存在的人道主义文学家的人格。因此，这位妇人一见贞子这样一个街头少女无可奈何地受到了社会风气的影响，也就是身处堕落的境遇之中，不由得想要拯救她，把她重新塑造为一个完整的女性。也就是说，她之所以产生了这样的想法，是因为这和人道主义写作的心情完全相同，都是以浪漫主义的感激作为基础的。明治时代中期，西方文化的影响逐渐成熟，而江户时代的遗风则尚未完全湮灭，两种文化的混合在有教养的中层阶级的生活中，形成了一种典雅、朴素而稳健的风气。母亲是在这个时代——教养领域中的中岛歌子和文坛上的若松贱子、一叶女史、小金井君子等人出现的时代——成长起来的女性，因而尽管博学多才却谨言慎行，不愿表现出来。因为，没有这种修习的人会被当作不知谦逊的乡下人。母亲喜爱读书，但是从未忘记家政和手艺的熟练才排在妇德之首位。

　　贞子接受了这位母亲真心诚意的教诲，沐浴在除了研究室对外界一无所知的丈夫的爱情之中，成了世人所称的幸福年轻妻子。但是，这一幸福仅仅持续了三年。或许丈夫的体质和英年早逝的父亲相似，天生呼吸系统孱弱，某夜感染的流感很快就夺走了他的性命……

　　拉福威尔酒吧的八音盒又一次奏响了《夏日的最后一朵玫瑰》。

　　贞子想起来，在辰野的宅院听得耳熟的八音盒，是婆婆结婚时女校的一位英国人老师送给她的。紧接着，那个家里祖祖辈辈留下的西方和日本的各种古老器物、摆件浮现在眼前。一个平时很少有人出入的房间墙壁上，匾额一般悬挂着两个荷兰的古老盘子。贞子忽然发现拉福威尔的墙上也挂着染色图案十分相似的东西，不由得从椅子上站起来，走过去茫然地注视着。当然，她并不知道这盘子的来历。

　　"特蕾莎，你对这种东西感兴趣吗？真让人佩服呀!"夫人偶然看见贞子的模样,打心底感到吃惊。

贞子突然从空想中醒来,含糊地说:

"没有,没有,我什么都不懂……"

"以前到店里来的服务员,没有一个人注意过这种东西。你以前在美术家之类的家庭里待过?"

"没有,很早以前……"贞子随口说,"我在小石川那边一座宅子里当过女仆。那座宅子里有各种各样的东西。"

"原来如此。那你哪天到我家来看看吧!我们家以前在巴黎和纽约开古董店。把日本的古旧东西拿到那边去,再把那边的东西拿回来做买卖。当时的商品基本上都处理了,还剩下不少。我常常把这个钟呀那个盘子什么的拿到店里来摆放。"

贞子焦虑着,想赶紧把话题岔开,恰好结伴进来两位客人,于是她飞也似的站起来,把米米扔在一旁,向客人走去。

六

再说关系亲密，贞子也不好总是叨扰池之端的蝶子，因此拉福威尔酒吧的事情一敲定，她就想赶快找房子搬出去。但是各种事情一耽搁，这一年——昭和十二年（1937 年）一眨眼就到年末了。开年后，她和年末一样，没有时间安下心来到处找房子，就算有时偶然听说有房子空出来，一旦找准机会去看，要不就是地方偏僻，要不就是房租不理想。正月就这样过去了，到了二月中旬的时候，经一个偶然来店里的帽子店店主介绍，终于得以搬到芝公园附近的公寓。

每隔两天是中午十二点的早班，工作日下午五点开始，回家是每晚十二点。离开店铺后，有时候她会受邀和女性朋友们一起顺道去吃年糕小豆汤、荞麦面或者寿司。有时她会凑份子坐出租车回家，有时会一个人随心所欲地走回去。晚班的日子，朋友则会邀请她去这一带的电影院或者逛百货公司。这就是她的女招待生活。与其回到某町的家里，和沉默寡言、性格孤僻的父亲以及继母一起拘束地生活，贞子感到眼下的生活无比轻松，甚至让她感到不胜惶恐。可是如果就这样送走岁月，又会是什么样的结果呢？一方面她找到了一时的安身之计，另一方面又感到深不可测的寂寥。不仅是贞子，谁都是这样。被唤作宝拉和米米的两个女子在五点上班的午后去学习打字，娜娜计划当一个流行歌曲的歌手，在练习唱歌。苏莎不知道出于什么样的打算，在学习书写日本的假名文字。贞子得知这些情况后，也经人介绍开始去虎门学习女式洋装的裁剪了。

贞子觉得出入拉福威尔的花木店老板才把漂亮的盆栽紫藤放在店门口没多久，就换成了紫丁香和法国绣球，然后又到了每一家店、每一个庙会都绽放蔷薇花和杜鹃的时节。有一天，贞子像往常一样来到虎门，附近一带正在大扫除，因而乱七八糟。她没有办法，为了消磨时间，只好闲逛着朝溜池走去。在炫目阳光的暴晒下，她浑身冒汗很是难受，很快就筋疲力尽了。初夏碧空如洗的晴朗天气，却因为一望无云更令人感到这日子百无聊赖。搬到芝的公寓后，她一时感到处境已定，心情也安稳下来，可是很快，她不知何时也不知何故，又开始感到倦怠和忧郁。就连大家都赞不绝口的电影和少女歌剧，她都常常没有心情观赏。

她拖着脚步走着走着，不由得想起了曾经的婆婆，辰野家的寡居夫人。她不仅过着漫长的寡居生活，还失去了唯一的儿子。她的内心如何不得而知，但在人前绝对没有流露过阴郁烦闷之情，总是愉快地劳作，高兴地与人说话。贞子想，为什么自己连婆婆的一半，不，连十分之一都没有学到呢？她感到，如果从那座宅院的墙外悄悄向里看看，恐怕也多少有助于提高身心修养吧！于是贞子立刻乘上电车，在江户川端下车后马上穿过竹岛町，沿着寺院林立的小日向水道町的马路，来到掩映在两侧宅院大树下的、叫做新坂的陡坡下。

辰野的宅子在坡道中间，院子里的大树树梢比其他宅院的树木耸立得更高。知道的人在坡底下就能一眼分辨出来。贞子仰望着和自己在时一模一样的树梢嫩叶，爬上坡来。这是个平常无人来往的地方，可今天不知怎么回事，不仅路旁停着三四辆车，还有穿着晨礼服与和服礼服的人进进出出。贞子不知为何感到心口怦怦直跳，连忙气喘吁吁跑到宅子门口。

总是紧紧关闭的大门左右敞开，一眼向里望去，门内悬挂着黑白幕，一辆灵车正缓缓从摆放着花环的玄关前开出来。这时，站在四周的人们，男性一起脱帽，女性则垂首行礼。

这座宅院本来除了寡居的夫人便无他人居住，而现在有人送葬，不用问也不用看，就知道这是谁的葬礼。昨天的晚报或今早的报纸上一定有黑框的讣告，只是贞子未曾留意。这突如其来的变故让她大吃一惊，连眼泪都掉不下一滴来，就愣在了原地。这时候，有三四辆车跟着已经发动的灵车朝门外开来，贞子连忙想要躲在围墙之后。就在此时，她在擦身而过的一辆车中看见了亡夫堂弟的脸。这个农大学生当时在她耳边窃窃私语，说的都是些令人厌恶的话。而且，似乎对方也从车窗里认出了她的身影。贞子不禁转回身，把额头顶在了石墙上。她的眼泪这才止不住地一颗接一颗掉下来。她发现大门内外还有很多人忙忙碌碌来来回回收拾东西，自己也无法久留此地，于是啜泣着走下坡来。幸亏送葬的车辆开走后，小日向水道町略显宽敞的道路一如往常行人稀少。泪滴顺着贞子的脸颊落下来。她一步一步向前走，定睛凝视着泪滴在五月下午阳光的照耀下消失在干燥的路面，如同凝视着某种稀有的东西。

身后传来的小跑的脚步声惊动了贞子，她用手绢挡住眼睛，加快了脚步。一个四十来岁女仆打扮的女子手拿一叠明信片，在经过她身旁的时候，忽然疑惑地看看她的侧脸，唤道：

"太太，您怎么了？我是阿里呀！"

贞子不知说什么好，没有回答。前年秋天，她终于决定回到乡下的时候，就是这位女仆帮她拎着行李，坐汽车把她送到上野站的。

"我什么情况都不知道，都没来看望夫人。夫人是什么时候开始身体不好的？"

"不是的，太太。夫人不是生病。"阿里立刻大声啜泣起来。

"那是……"

"夫人被汽车撞上了。她去东京站给士兵送行，回来的路上就……"

　　阿里顾不上这是在路上，泣不成声。见她如此痛苦，夫人受伤的现场自然而然浮现在眼前，贞子也握住阿里的手，放声哭出来。一条路边闲逛的狗停下脚，竖起尾巴疑惑地看着两个人。

七

被称为实业界元老的某男爵，自战争以来，为向外界展示其精忠报国的微衷，计划投入个人资金，出版一套军事相关的浩瀚图书。他请某位陆军中将阁下作为总编，聘任朝野各方面的名士及各大学教授作为顾问或委员，雇用了十余人负责编纂，在大崎私宅院内设置的编纂所，从上午九点工作到下午四点。

文学博士春山自藤木在学生时代起便对他有知遇之恩，此次通过春山的斡旋，藤木得以受雇于这一编纂所。因此，藤木在学年结束之际辞去了栃木县某町的中学教职。学生时代受过关照的二本榎净云寺距离编纂所不远，于是他又在此租借一室上班。

藤木是偏僻的东北某町车站铁道员的儿子，净云寺住持是他的伯父，因此他读书时成为伯父的食客，最后从私立某大学英文系毕业，仅此而已，他并无出众的才能。不过，他生来字写得漂亮，这在现代青年中是十分罕见的特殊技能。在净云寺受伯父照顾的时候，他常常帮伯父书写墓碑、供养木牌，抄写冥账，得到了很好的锻炼，三四年间，比起学校的课业，他的毛笔字有了显著的进步。在栃木的中学工作时，有传言说他时不时会去不好的地方喝酒，但是校长并未失信于他，这也全都归功于他的好书法。他进入大崎的编纂所之后，立刻就博得了同事的赞赏，称他为草稿和书信的誊写第一人。很快，他的才能也受到了某男爵的秘书、专业书法家某老师的认可。仅仅过了半年多，藤木就得以一边在编纂所上班，一边时而去丸之内的总公司文书科露面了。

"哦，这么说，你要搬家了？"住持伯父坐在书院走廊边，正欣赏着院子的菊花盆景，他回过头来对前来问候的藤木说，"不过有空房间也不容易。不是说最近公寓也满员吗？"

"公司里有人要去大阪，我接着他续租，否则也进不去啊。"

"在哪里呢？"

"在御成门旁边，向神谷町方向去的电车大路旁。"

"哦，那是个好地方。但是公寓总是充斥着各种流言蜚语。你这个单身汉可要多加留意。哈哈。"

"……"

"等生活稳定下来，也不能一直都单身，赶快找个伴儿吧。你是不是私底下已经有什么情况了？"

"没有没有。我来东京这才半年呢。我看伯父的生活，觉得一个人也挺不错。"

"不，我和你的职业不同。接下来要在这世上立足干下去，单身一人是不行的。一个人的话，得不到社会的信任。"

"伯父从什么时候开始一个人的呢？也有两个人共同生活的时候吧？"

"那是很多年以前的事了，那时候你恐怕刚出生呢。"

"是吗？但是，这里没有墓，我也没在冥账上见过。"

"她不是死了。要说起来，是离婚了。现在她可能还健康活着呢。"

"原来如此。我完全不知道。"

"门口的大爷大娘或许知道呢。已经是三十年前的事情了。那时候她和在寺里借宿的学生好上私奔了。这么说好像错都在女人身上，其实我也不是没有罪过。既然都说到这里了，我对你也就不再隐瞒。我娶妻已经是四十岁之后了。也是听了别人的建议才一时迟疑。原本我喜欢僧侣的单身生活。用现在的话来说，我觉得没有什么能比佛僧的生活更诗情画意。这个世界现存的宗教当中，没有哪一个优于对鸟兽鳞介都抱有恻隐之心的佛教。我没有寂寞和惆怅。否则，我是无法长期和女人共同生活的。我也是个男人，不像过去有不近女色的戒律，所以纵情酒色我也是明白的。但是，我没有和女人一生苦乐共度的想法。我们之间倒不是发生了什么冲突，只是随着一两年的时光流逝，两个人的感情渐渐冷淡……就是这么一回事。看到老婆留下的信时，我松了一口气，如释重负。哎呀，这话匣子一打开就收不住了，这可不行。你的行李呢？"

"今天早晨用车送过去了，剩下的就是些随身行李了。伯父的单身主义论点，我一定洗耳恭听。"

"不讲不讲了。留着下个星期天，或者哪天你来的时候再说吧。现代国民的要务是增加人口，单身主义是禁忌。刚才的话就当我没说。哈哈。"

当秋日低沉的太阳把炫目的阳光洒在电车窗上的时候，藤木回到了御成门的公寓。他坐下一瞧，发现还有许多东西忘记买，于是立刻又出了门，穿着西装踩着木屐。不一会儿，当他两手拎着扫把、水桶从大路朝这边走回来的时候，无意间看到了一个身材娇小的年轻女子。她身穿白色方格短外套，发硬的腰带勾勒出纤细的腰身，蓝色围巾搭配绛紫色的贝雷帽，正从公寓入口的台阶上跑下来，然后立刻叫住恰好经过的出租车，轻盈地坐了进去。藤木定睛细看，从瓜子脸、高鼻子、水灵大眼睛的侧脸，再到小巧纤弱的肩膀，那是谁啊？不正是栃木某町毛笔店家的女儿贞子吗？从他在浅草东武电车的候车室里空等一场那天算起，正好一年零一个月……藤木愣在了原地，连手里拎的东西都差点掉下来。大概是心理作用，等出租车开走之后，他还感到四周飘荡着无法言述的芬芳香水。

她什么时候来的东京，眼下在做什么呢？已经结婚了吗？藤木那时乘坐第二天早班电车回去的时候，感到自己的感情终究无法修成正果，决定放弃。此后，他刻意避免了解她的信息，很快也就回到了东京。

在那边初次在毛笔店相见时，她只有头发是流行的卷发，身上穿的则是过于朴素的和服，连粉都不擦，而现在，她除了描眉画眼之类流行的妆容，还穿上了下摆短至膝头的洋装，露出双腿。藤木不由得高兴地想，无论是好是坏，人生之事果然还是在都市最好。

他扛着扫把进了公寓入口，环顾四周，心想如果有木屐箱或是信箱之类的，就能借此悄悄了解贞子的房间号。然而，或许是因为走廊上铺着砖，穿着鞋子就可以进，所以没有设置放木屐的设备。藤木也想去问管理员，但是接下来和她在同一栋楼中生活的欢喜占了上风。他想，不用刻意去询问别人，自然而然就会知道她的境遇和职业，于是走进了自己租的六榻榻米①大的房间，拿起买来的扫把开始打扫卫生。藤木还想，如果贞子知道自己搬来这个公寓，说不定又会像在浅草站那样，撒个谎逃

---

① 日本计量单位，又称"叠"，1 榻榻米约为 1.6 平方米。

掉。在略微了解她情况之前，出入的时候自己还需多加小心，别让她发现……

离去的你，如今在何方
云儿飘
西风吹
春天到
可是我思念的人啊，尚未归来

离去的你，如今在何方
花儿落
雨寂寥
春已去
可是我思念的人啊，尚未归来

离去的你，如今已归来
虽然已归来
北风吹
积雪掩路
你虽归来何时才相见

……

　　不知何时，窗外已经暗了下来。隔着玻璃窗，能看见街道两侧行道树之间闪耀的灯火，耳边隐约传来流行歌曲的唱片声。

※　※

　　藤木环视这个刚刚搬进来的房间，越看越觉得一个熟悉的东西都没有。他在这世上无一亲密之物，孑然一身，唯有寂寞和寒意从脏兮兮的墙壁和天花板不断涌出，包围着他。陌生的街道天空和屋顶，如同外国的风景，在冰冷的窗户玻璃外无限延伸。

　　藤木决定今晚吃完自己做的晚饭后，要安稳地度过在公寓的第一个晚上，安静地读读书睡觉。可是，无法排遣的忧闷让他坐立不安。他把淘了一半的米扔在一旁，刚做好外出准备，就听见刚才还静悄悄的隔壁房间很快响起了男女的说话声、笑声和杯盘碗盏的碰撞声。大概是年轻夫妇外出归来，正一起吃饭。

藤木来到走廊，把门锁上，刚向楼梯方向走去，就看见一个女子，烫着卷发，身穿系着红色带子的巴里纱睡衣，把两侧衣襟拉拢在胸前，从尽头的房间里出来，一路小跑消失在走廊拐角，脚上的拖鞋每移动一步，都露出脚底的雪白。藤木痛苦地叹口气，每下一级楼梯都忘我地回头看。女人走后的房间门扉半掩，明亮的灯光洒在走廊上，窗边的梳妆台和挂在墙上的衣服的红绸里子清晰地跃入眼帘。藤木不由得开始想象贞子房间的模样，以及她更衣时的姿态。

他来到街上，无风的深秋夜晚裹挟着薄薄的雾霭，闷热得犹如残暑再来。或许是星期天的原因，从芝山内到新桥一带，不知为何人来人往。而且几乎都是青年男子携着年轻女伴。还有身穿制服的学生，手拉三十来岁、怎么看都是已婚女子打扮的人一同漫步。藤木心想，还是像以往那样住在伯父寺里就好了……犹豫着是不是找个借口搬回去。若是这样，唯有一件事让年轻人伤脑筋，那就是伯父和过去的和尚一样，不喜荤腥油腻，饭菜里不见鱼肉。只要还在那座寺庙里受关照，就只能上外面吃饭。就是处于这样的原因，他才借着有固定薪金的机会搬了家。可是，从今天晚上这种结果来看，恐怕这样的单身生活也长久不了。或许应该像刚才伯父所说，尽早寻觅生活伴侣。若是如此，目前浮现在眼前的女人除了那位贞子再无他人。贞子是否已经结婚？首先需要搞清楚这件事……

不知何时他已经走到田村町电车大路的尽头，放眼望去，四辻方向的铁道桥上正好开过一列火车。他听说那边的寿司店里还有炸虾盖饭，于是塞了一碗下肚，又追随明亮的灯光不知不觉来到了银座大街。在两侧高耸路灯的照射下，依然郁郁葱葱的柳树，泛着比青草叶还要柔和的绿。树荫下，行人的行列无休无止，络绎不绝。站在各个角落等候同伴的人，见面后说话的人，支起帐篷如同部落的夜市，餐饮店里涌出的唱片音乐，醉酒放歌的一群群学生。不知多少年前开始就每日每夜熙来攘往，从未改变的银座大街风景，或许可以称为人、商品、灯火与食物、饮料的无序泛滥。

藤木意识到自己也是这泛滥旋涡中回旋人群的一员，同时他也不知道对于萦绕在心底的感想应该作何解释，作何说明。朦胧的不安和淡淡的厌恶与羡慕之情涌上心头，不一会儿，他就想逃离这泛滥的旋涡，被人流推搡着从走过的街角转到横街上，差点一头撞上三位结伴而行的女性。这时，其中一位看到藤木的脸就站住脚说：

　　"哎呀，这不是藤木先生吗？"

　　"哟，太太，别来无恙？"

　　"您最近在东京？"

　　"嗯，去年年底我辞去了教师的工作。现在正在某男爵家的编纂所工作。您家少爷……"

　　"托您的福，已经上中学，没有问题了。"

　　藤木在某大学读书的时候，曾通过伯父的介绍作为家庭教师出入某公司高管黑田的宅子。黑田的太太不时避人眼目地出入舞厅，学习唱歌，有时还会邀请藤木去看演出，所以藤木猜想，和她结伴的两个女性无论是年龄还是衣着打扮，应该都是和她一样的有钱人家太太。黑田夫人在藤木打完招呼想要离开的时候，叫住了他，说道：

"藤木先生，陪我们一会儿呗。很久都没见面了。我们正说一起去吃年糕小豆汤呢。哪家好呢？最流行的是……"

"不知道啊，我对银座不熟悉。"

三人当中个子有一位夫人个子最矮，却最结实，肩膀宽宽，四方脸，浓妆艳抹。她这时说：

"听说某某店是最漂亮最好的。据说白天店里都是情侣，一个人都不好意思进去。"

和年龄、穿着打扮并不匹配的粗鲁语言和十八九岁姑娘似的年轻声音，让藤木吃了一惊，转头注视她的相貌。夫人似乎感到自己找到了聊天的好对象，用更加年轻而熟稔的语气说：

"单是我们几个人，难得逛趟银座都提不起兴致，还是得有个异性。就算你嫌麻烦，今晚也必须陪我们玩玩。吃完甜品，我们也陪你来点男士的。怎么样，黑田太太，这边结束了，我们再去趟咖啡馆呗。"

两三年前，银座忽然开始流行茶馆风格的年糕小豆汤店，有好几家。一行人去了其中一家，而且还在一家大多为青年男女、学生、女店员出入的茶馆休息了一会儿，然后再次融入银座大街的人流中，走到新桥，过桥后叫了出租车。大家为了回家先后互相谦让片刻，最后决定离得最远的先走。黑田夫人的宅子在青山六丁目，距离最远，第二是麹町中六番町，最后是四方脸、浓妆艳抹的君塚太太位于芝公园某某号地的宅子以及御成门附近公寓的藤木。

离开中六番町，车上仅剩他们两人时，君塚太太看见藤木依然和刚才一样和驾驶员背对背，坐在靠前一个位置的时候，说道：

"藤木先生，这边空下来了，你快坐这里来吧！"

藤木微微道谢，却没有动。但是耐不住她再三劝说，还是坐在了她身旁。

"你住的地方叫什么公寓？"

"御成门公寓。"

"你在那里住了很久？"

"没有，今天刚搬进去。"

"哎呀，还什么都不方便吧？如果有需要的东西，请你告诉我。我们离得近，我让女佣给你送去。"

"哦，谢谢！"

"你吃什么呢？"

"早晨喝牛奶，晚上打算回家后自己做……"

"你要是愿意，随时都可以来我家哟。没关系的。除了我和女佣没有别人，好吗？一定要来哟！"

与年龄和姿态很不相称的年轻声音此时此刻听上去更加年轻了，让藤木莫名其妙地感到有些恶心。他假装若无其事地扭过头，却看见夫人映照在窗玻璃上的脸颊抹上了一层淡淡的红晕，大概在银座喝下的鸡尾酒醉意未消，而她的双眼正目不转睛地盯着自己的脸。

八

　　还是学生的时候，同年级的朋友、一位名叫津村贤的青年常常邀请藤木去咖啡馆、溜冰场和可以召妓的酒馆等处。藤木在寺里受伯父照顾上学的同时，只是依靠当家庭教师或是写字笔耕赚取微薄的报酬，身上那点钱连看电影都不能随心所欲。因此，他非但没有把津村当成狐朋狗友，反而看作可遇不可求的良友，总是曲意逢迎。

　　津村是一位资产家的二儿子，上学的时候几乎从不上课，从考试答案到毕业论文全都由藤木代笔。毕业后他想当作曲家，但现在依然寂寂无名。阿贤的哥哥比他年长近十岁，作为西洋画家早已自成一家，依靠父亲留给兄弟俩的遗产过着富裕的生活。西洋画家的哥哥出资给情妇蝶子开了一家茶馆，弟弟阿贤则在一间两房的高级公寓和一位舞蹈演员同居。

　　藤木回到东京之后，只造访过津村两三次，许久未见。搬到御成门公寓后出乎意料之事接二连三，他感到要借助他人的智慧处理好各种事宜，眼下津村是最合适的人选，于是从编纂所给他打去电话，登门造访。藤木想与津村商量两件事，一是他和爱恋的贞子恰巧住在同一公寓，其次是从二本榎搬到御成门当晚，他和偶然在银座认识的寡妇君塚嘉子产生了某种关系，并对此抱有无端恐惧，第三是他想尽早将贞子纳入囊中。听他倾诉的津村，一看这些都是情感纠葛，于是说道："哟，这可真是有意思，一切都交给我吧！"然后，等他大约四五天后再次造访之时，津村说："你倾慕的女子和我哥哥的小妾是朋友，所以一切都交给哥哥和我吧！我们想让蝶子先跟她私下里谈谈，怎么样？"

这件事看来立刻就有了进展。随着第二次灯火管制结束，这一年忽然间就到了十二月。一天晚上，贞子走出拉福威尔店门，正要回家，忽然听见有人在出租车窗户里喊她，只见蝶子正急急忙忙从车里下来。

虽然刚到夜里十二点，但是因为当年十月开始实施商店法，荞麦面馆、寿司店之类的餐馆也和咖啡馆在同样的时间闭店，而且管控格外严格，所以在街上跑的出租车灯光也少了。一眼望去，西银座的电车大街唯有昏暗的街灯投射在窗户黑漆漆的空荡荡建筑物上。

蝶子一面把口罩拉到下颚，一面说："本来想赶在到点前早点来的，但是受人之托有点事耽误了……"

"是吗？不过还好，差一点我们就错过了。"

"要是我来迟了，就会去公寓找你的。我两三天之前就想白天来找你好好聊聊的。可是，这样那样的事耽误了。今晚你没事吧？"

"嗯。反正回家也只能睡觉。"

两个人一边说一边朝土桥走去。

"那么，去你那里，还是我这边呢？"

"都行。先别说这个了，你要跟我讲什么呀？"

"有人拜托我呢。贞子，你还不打算结婚？"

"你要说的是这个呀……"

"贞子，你别不高兴哟。这是我家先生托我的呢。他让我来问问你的心意。"

贞子在那之后依然没有考虑过结婚的事。她每天来酒吧上班，过着一心一意的日子。当然，也有酒醉的客人说些下流话。但是，她知道这是客人的老毛病，打心底里就没当回事。对女招待来说，所在的酒吧就是紧闭的坚固要塞，在那里发生的事情就在那里忘记，不会放在心里。也有女招待主动发出邀请的，但是她认为不应该插嘴别人的事，而且也不是值得嚼舌根的稀罕事情。随着时光流逝，她对生意越来越熟悉，每天一成不变的生活越来越单调，而她渐渐慵懒得连抱怨都省下了。店里唱机播放的《夏日里的最后一朵玫瑰》，她在这一年多的日子里也日复一日听得过于熟悉，以至于现在已经不再有丝毫感动。可是，有时候她又突然无来由地想痛痛快快辞掉女招待的工作，去商店做个销售，或者干脆去间大宅子当女仆。然而，这种想法又没有急迫到主动寻找机会的程度。因此，听蝶子突然提到婚事，贞子并未像当初枥木娘家继母隐晦提出此事时那样吃惊。她反倒很好奇，想知道蝶子是出入何种缘由才来询问此事的。

"蝶子，对方究竟是什么人呢？是先生的朋友吗？"

"是的。不过，我把来龙去脉一说，你肯定会大吃一惊。这世界，说起来大，其实小得很。对方就是枥木县那位想要娶你的人。"

"啊，是吗？那个藤木，是你家先生的朋友呀？我完全不知道。"

"一切都是偶然的。对方好像什么都不知道。事情是怎么提起的，我也不太清楚。我把你的事情一清二楚告诉过我家先生，结果他说对那位十分了解。所以让我先了解一下你的想法。于是我前天晚上也亲眼见了藤木先生一面。"

"是吗？"

"去年你从浅草逃到我这里来的时候，我不认识他，所以和你一起说了他很多坏话。但是一见面才知道，他是个认真而纯情的人，生活也很稳定。而且，贞子，还有让你吃惊的事。他上个月开始就住在你那栋公寓了。他害怕你知道后又会逃走，所以出入都很小心，生怕碰上你。"

两个人蜗牛似的慢悠悠向前走，不知何时已经跨过了土桥，在漆黑的铁道桥下向左，来到了新桥站的北口外。从各个咖啡馆下班归家的女招待、晚上出来玩的客人们都在同一时刻沿着同一条路走来，因而车站内外再到市电站一时间比大白天还要拥挤。两三个月之前，迎接这些客人的众多餐馆直到一点都灯火辉煌，然而今天只剩下停在难波桥角落里的一两家卖荞麦面的路边摊了。

"真寂寥，看来不仅仅是我的店。"

"据说明年开始酒吧也只能开到十一点。上野那边如何呢？"

两个人在路边停下脚步，站了片刻。在昏暗的街灯光影之下，注视着残留在树枝上的枯叶飘落，目送着络绎不绝的行人朝车站方向走去。

"蝶子，距离近，我们坐车去吧。"

"好。我那边有住店里的女孩子，没办法安心说话……"

"你的事后来又如何了？"

"我已经坦率地把一切都讲清楚了。我觉得自己还是不要正式结婚的好，到现在为止我还没有对任何人详细说过。"

"怎么会？为什么呢？"

"你问为什么……因为我不知道亲生父母是谁。我的母亲的妈妈——我应该叫姥姥才对，是她把我养大的。她前年去世前，把一切都告诉我了。我的妈妈是新桥老站前西餐馆的女招待。她肚子大了，生下我之后，卖身不知去了大阪还是神户，接下来就不知去向了。姥姥原本在小田原町缝制腰带、衬领。但是年龄大了，没有办法继续工作，所以我在萝拉工作之前，就去艺术家宅子里干活挣钱了。所以，像老师那样出色的人家里，我既不能去，也没有去的念头。"

九

　　藤木的伯父、净云寺住持直接见了贞子，又特意前往枥木县拜访了她的父母，因而藤木和贞子的婚事就此顺利谈妥。然而到了决定婚礼日期的阶段时，年关已近，只剩十天左右。而且藤木父亲来信说，列车员中出征之人众多，铁路上的工作极为繁忙，即使第二年正月都无法上京。此外，贞子的继母也卧病在床。最后无可奈何，只好决定由伯父代表双方父母，津村兄弟和蝶子作为介绍人，在净云寺的书院举行了临时婚礼。等来年二月之后，再到太神宫之类的地方举行公开的婚礼。因此，他们年内就没有向任何人发送明确的通知。

　　总之，新郎新娘两年前就已认识，而且还住在同一公寓，所以举行临时婚礼的时候，两人也是从同一个地方、同一时间出发，形式上的仪式一结束，又同样结伴而归。其实贞子一开始对这件事并不感兴趣，可是又没有断然拒绝的决心，说起来就是在周围人的劝说下磨磨蹭蹭照做了，因此她内心想的是等过了年，彻底做好身边的各种准备，再举行与身份相称的仪式。到那天为止，她只想和藤木维持订婚的状态，但是藤木十分着急，事情刚定下来，就确定在年底的二十八日举行临时婚礼，所以贞子打电话给拉福威尔，说自己有事要回老家，头发和平常一样卷着，衣服也穿的是手边有的，就出了门。当然，津村兄弟和蝶子也都没有穿带家徽的和服。

当天晚上十点左右，一行人一起走出净云寺大门，来到寒冷的二本榎大街的时候，津村的弟弟阿贤拍拍藤木的肩膀说：

"藤木，接下来的新婚旅行是到大森还是其他什么地方？"

藤木似乎很得意，大声问：

"贞子小姐，怎么办？是就这样直接回公寓，还是……"

贞子低着头一言不发。哥哥画家津村因为年长，立刻随机应变地说道："今天晚上我们就各自自由活动吧。我叫个出租车走。好吗，蝶子？就这么办吧。"

来到伊皿子台的电车大街，恰好身后响起了出租车的声音，津村叫住它，说道：

"藤木，那我们就改天再来拜访。恭喜了！"

"承蒙您照顾了！我改日再登门拜谢。"

贞子用几乎听不见的声音说："蝶子，感谢你了。"

就在两人致谢的当口，载上三个人的出租车沿着寺庙众多的寒冷道路径直开向了圣坂。

"贞子，我们也找一辆出租车吧！"

他们站了片刻，却没有一辆出租经过。空荡荡的电车从泉岳寺方向开来，又向鱼篮坂方向下坡而去。藤木不停找话说，贞子却一直不搭话。藤木好不容易找到话题，她也只是应付一两句就没了下文。接下来两个人就像原来一样呆立着等电车。

不一会儿，两人上了电车，在芝园桥拿了换乘车票，又不得不在路边站着等了一会要换乘的电车。

"我们走着回去吧！也就两站路。"藤木突然靠过来抓住贞子的手向前走。

"你明天几点出门？"

"我通常是八点半出门。不过，明天……总之，这是我们幸福的纪念日啊，对吧，贞子小姐？"

"是。"

"贞子小姐，从今晚开始，我们两人的关系和昨天就不一样了……"

穿过公园的电车大街上没有来往行人，街灯的光芒也被两侧的树木遮挡，不太明亮。藤木忽然伸出一只胳膊揽住贞子的肩膀，使劲儿拉近自己，将脸贴了上来。羞耻感猛然涌上贞子心头，她脚步踉跄，挣扎起来，肩上的挎包掉了。藤木赶紧捡起来，非要帮她重新挎在肩上，说：

"我说，贞子小姐，你是无论如何都不喜欢我吧？要是这样，我就没脸见人了，只能自杀了……"

"哎，你说什么呢？"

贞子大吃一惊，靠近了他。藤木正中下怀，这次两只胳膊紧紧拥住贞子，不由分说地吻了下去。这时候，树丛后的小道上突然出现一个穿着黑色外套、头戴制服帽子的人影，藤木不由得松开了紧紧抱住她的手，贞子踉跄着飞快退到一两米开外。仔细一看，人影并非警察，而是个工人或者学生。贞子松了一口气，可是心口还在怦怦直跳。三门前的车站灯光近了，能看见三四个等车的人影。贞子保持着距离稍微靠后而行，这样藤木伸出手来也够不着她。藤木似乎也不再有逗弄她的意思。他取出香烟点燃，然后一直默默无语地在前面走着。贞子略微安下心来，却又突然回忆起漫长岁月中已经忘却的那个晚上的事情。当时，她已逝的前夫还是个学生，两个人开车出去玩，半路上遇到警察，把他们都从车上拉了下来。地方虽然不同，但是茂密的林间各处灯光明亮、看不清人脸的寂寥夜路光景，和现在漫步的芝公园十分相似。如果突然出现在树丛中的那人不是学生，而是个警察，一定会被发现，自己又会像当时那样被带到警察局了。警察会装腔作势地恐吓，无休止地盘问。尽管自己是堂堂正正的人妻，可是毕竟刚行过临时婚礼，还没有向外界宣布。连公寓的管理人都尚未通知，自己的身份说到底一直以来就是个银座的女招待。说不定至少要在拘留所里待上一两个晚上了。贞子在心底发誓，既然已经确定了新的伴侣，无论好坏，也必须将过去的事情忘得一干二净。可是，追忆之思却萦绕心头，无休无止……。

"贞子小姐。"藤木的呼唤让她回过神来。不知不觉已经来到公寓门口。

藤木又靠过来握住她的手，问道："你这就到我房间来吧。还是说我去你那边？怎么办？"

贞子心想，没必要说得这么大声吧！但她一心想避开入口来往居民的视线，姑且任由藤木拉她回了房间。

※　※

命运终于确定了，已经无可奈何。比起自己优柔寡断的态度，贞子反倒怨恨起蝶子的劝说来。蝶子这个女人本来就属于年长她将近二十岁的男人。是社会上随处可见的、女招待气息浓厚的女人。在这样的女人眼里，再婚一定没有什么奇怪的，没有任何痛苦，没有任何悔恨，反倒是一件值得高兴的事。所谓贞操，似乎指的是跟随一个男人期间，不要移情别恋，要老实本分。自己究竟是出于何种缘由，因为有第一个人，就想要永永远远保持身心的纯洁呢？这是谁教自己的呢？是从什么事情上学来的呢？她觉得是小日向水道町那位寡居夫人无意间教给自己的。可是她与自己境遇迥异。那位寡居夫人有一位出色的继承人，有养育他的崇高职责。且不提身份的不同，自己没有孩子，因而也没有那样的义务与责任。当时，自己终于告辞返乡的时候，寡居夫人告诉自己，若是将来幸遇良缘，要安定下来，还嘱咐说若有无法与别人商量之事，可以随时找她。然而，她却不幸遭遇无妄之灾，已经不在人世。能够如对待亲骨肉般帮助自己的人，不抱任何野心、目的，出自纯真心灵保护自己的人，在这世上已经一个都没有了。自己这无法保护的肉身，如今终于落入万万没有预料到的人手中，而且只能任由他摆布……

贞子身着一件内衣，正把脱下的衣服叠好，却不由自主地落下一滴泪来。她自己也吃了一惊，背过脸去，趴倒在榻榻米上。

"贞子小姐，你在哭吗？原来如此，你这么不情愿啊。没办法。"

藤木坐起来，声音微微颤抖，然后默默地叹了一口气，说道：

"是我……是我不好，对不起。"

"没有，这是无可奈何。唉……"

"不是的，不是这样。我是忽然想起来小时候的事，想到了我的亲生母亲，然后忍不住就……"

贞子啜泣着，靠在藤木的膝上，握住他的手。

房间里的灯已经灭了。广告的灯光从照向对面的房顶上投射到没有窗帘的房间里，微微照亮贞子凌乱的头发，贴在男人膝盖上的脸庞和雪白的脖颈。女人的体香和脂粉的气味一下子钻进了藤木的鼻孔。藤木完全忘记自己正是贞子烦闷的理由，决定无论付出什么样的牺牲，都要安慰贞子。同时，他又纳闷，现如今，身为女招待，为何还会有这样一个惹人怜爱的女人呢？为了这个女人，为这个女人的幸福，他可以承受千辛万苦……

"贞子小姐，你怎么了？你不要客气，都坦率地告诉我吧。好不好，贞子小姐？"藤木把女人抱起来，理顺搭在她脸庞的凌乱发梢。

贞子渐渐停止了哭泣，如同不知何时已经下定了决心，任凭藤木抚慰自己的身体。

"我没事。我就是有点歇斯底里。真的已经没事了。"

电车的声音早已消失，只是隐约听见寂静的公寓二楼某处传来女人说话的声音。而这声音也忽然消失。不久，大概是从芝浦方向传来了低沉的汽笛声。

十

贞子租的公寓房间有四个半榻榻米大，一个月十二日元，藤木的则是六榻榻米大，十八日元。第二天，贞子把衣柜、妆台等搬到藤木房间，两个人住到了一起。

他们没空补充炊具之类的东西，也没购齐正月的年货，这一年就过去了，迎来了昭和十四年（1939年）的元旦。去年，政府发布了年底年初的礼仪纯属虚伪的训示，因此藤木元旦早晨去编纂所参加了一下遥拜式，一个小时左右就回来了。到家后哪里也没去，和贞子在六榻榻米大的房间里度过了前三天。四号开始，他就带着贞子首先去二本榎的寺里道谢，第二天又去了池之端的蝴蝶茶馆，和蝶子一起去了她的金主画家津村的宅子，又打电话给津村的弟弟阿贤，商量好第二天夜里去拜访他，去了阿贤情人的公寓。一行人聚齐之后，又在此后的周六去热海的酒店住了一晚，还上有乐座看了戏。在这期间，贞子家里通知她，母亲的病情严重，于是藤木借机请了三天假，和贞子一起回家宣布婚事，顺便探视。得知母亲的病虽然拖得久，但是并没有设想的那样严重，所以他们直接绕道某某车站，由藤木将新妻引见给父母。正因如此，贞子最初预想的正式婚礼如今更没有举行的必要了。入籍手续则在返京后给双方父母邮寄了登记书，请他们捺印了事。

每当听见公寓管理人和出入的买卖人叫她"太太"，她都会脸红。但随着日子的流逝，她很快就不在乎了。隔壁屋子里的小妾、同住的附近咖啡馆女招待早晚与她打招呼的时候，会提到藤木太太真令人羡慕啊、伉俪情深等等，贞子也不再辩解否认了。

藤木基本上每天都按时回家。周日两人做伴郊游归来，会在外吃饭或是看电影。短暂的白昼不知何时渐渐延长，天气也不知不觉暖和起来。贞子感到白天空闲的时间不该浪费，于是请以前上课的虎门西式裁剪学校帮她找点兼职工作。

春分之后天气不好，暴风雨的日子多起来。樱花败了颜色，在雨中绽放，又在雨中凋零，长出嫩绿的叶子来。

街道的各个角落都张贴着反英运动的檄文，以及募集国债、收购贵金属、捐献家用汽车的宣传。风闻烫发将被禁止，舞池和咖啡馆也要关闭。入梅后却日日晴朗，每家每户的电子钟表开始走慢的时候，突然又设立了"兴亚奉公日"。很快就到了历年惯常的灯火管制了。这一天傍晚，贞子从西式裁剪学校急急忙忙赶回家，做好晚饭，才留意到这么晚藤木还没有回来，一看已经八点多了。就在她不明缘由纳闷之间，又到了九点。对面商店的收音机开始播放起广播剧来。

贞子忽然担忧起来，她从公寓入口来到路边眺望，外面已经一片漆黑，四处响起警防团的汽笛等嘈杂声。她无精打采地回到房间，<u>坐立不安</u>，好几次关掉灯注视窗外。

过去大约半小时，藤木忽然回来了。他说半路上电车被拦住了，一直到解除警戒。他每晚总要喝上两合①，可是贞子着手准备时，他却难得一见地

---

① 日本度量衡制尺贯法中的体积单位，一升的十分之一。

表示，今天时间已晚，就不喝酒了，直接吃饭。可是不知为何，往常他总能吃上三碗饭，今天却连第二碗都像是硬塞进去的。贞子留意到后，问他是不是不舒服，他却说没什么事。

随着炎夏的到来，局势越来越动荡。各个路口都竖着宣传牌，叫嚷着封锁中国香港、打倒敌对第三国等等。就在大家担忧战争范围眼看就要扩大的时候，欧洲波兰发生了战争，同时不知为何日本突然停止了反英运动，内阁也变了。

到那个时候为止，藤木的晚归差不多有三四次。每次都不用等到贞子讯问，藤木就会主动解释，那是因为编纂所有事云云，而且必然会在第二天晚上带她去银座，买买东西看看电影什么的。

贞子总是从西式裁剪所急忙赶回家，连汗都不擦就开始准备晚饭。每当藤木没有按时归来，她都感到十分寂寞，无法言述。她等着等着，感到痛彻心扉。她并不是对藤木的行为起了疑心。藤木的样子也并没有什么特别的改变。如果一定要说有什么变化，那就是和新婚宴尔的那一两个月相比，他变得冷静了。与其说冷静，可能更应该称为理所当然地变平静了。就像贞子到此为止对异性的看法一样，藤木的态度只是从最初的过激渐渐恢复平静而已。

贞子关于异性的知识，仅限于十八岁到二十岁之间、拥有第一个丈夫时获得的东西。此后两年多时间，她独自生活，尤其是第二次当女招待之后，尽管从女性朋友以及客人那里听来各种各样的故事和传言，却没有特别留意，所以直到成为藤木的妻子，关于异性的知识依然和从前一样。她一心以为所谓男人大概就是和前夫一样。然而，情况绝非如此。第一次的婚姻生活，宅子宽敞，有女仆，有婆婆，而且丈夫还在上大学，因此即使有人暗中窥视房中，也绝对看不到让人脸红的事情。

这次是在公寓里狭小的一间房中，寝具只铺有一套。一整天穿着睡衣闲着无事也没关系。隔壁一个是小妾，一个是女招待，就算乱七八糟也不需要害臊。

贞子自己这才知晓酒吧、咖啡馆的客人带女人到郊外旅馆去的真相。说到身边的例子，画家津村会做蝶子的先生，弟弟阿贤会当舞女的老爷，让她们过奢侈的生活，她感到自己可以轻而易举看清其中的缘由了。与此同时，她对自己的身体产生了一种奇特的屈辱感，对男人产生了轻侮与憎恶，但是过了一阵，和藤木在一起两三个月之后，贞子不知何时又有了迄今为止尚不知晓的新体验。因为这种新体验，她不知不觉忘记了自己最初感到男人犹如禽兽、百般憎恶的感觉。至少她对男人不再那么憎恨了。她痛彻心扉地感受到，最初的判断是因为自己经验不足。接下来，贞子对藤木和最初不同，开始抱有了另外一种意义上的亲密与爱慕，她甚至发现，有时候这种感受是难以抑制的，哪怕她做出尝试。她开始明白，女人和男人一样，身体中也潜藏着女性的需求。关于这一点，她对以往的所见所闻、别人的传言，得以做出新的解释。她想起来，女招待之间常常提到，某某为什么会喜欢那样的男人，到底是哪点好？也想起来俗话所说青菜萝卜，各有所爱。她还回忆起来，住在乡下的时候，邻家有个女人抛夫弃子，和情人私奔。她想象着这些事件的真相，感到女人的需求，似乎比男人更加强烈且更加危险。

她意识到，藤木晚饭时分还不回来时，自己朦胧的哀愁与亢奋就源自于此，不由得对自己这个女人的身体产生了一种类似于绝望的深刻感情。同时，她甚至感觉到，刚开始那般厌恶的男人，眼下还不到半年的时间，看起来就已经不那么令人厌恶了，甚至在某个瞬间，在无法言述的某一刹那，反而产生了思慕爱恋之情。当她忽然回过神来，不由得感到一切都不可思议，宛如梦境。同时，她又深切地感到，女人的身体如同过去的人所说，可怜却又柔弱，忍不住掉下眼泪来。

　　夏天很快就过去了，金秋到来，十月份第二轮灯火管制实施的时候，不仅是贞子，公寓里的女人都开始抱怨，没火柴做饭束手无策。接下来又没有白糖了。常常需要一大早就外出买白糖。进入十一月，早晚的寒意刺入肌骨的时候，煤炭店也不卖炭火了。据说白米也只能吃到这个月末。贞子琢磨二本榎的寺里会有炭火和白米，于是请藤木去分些来，不巧的是，寺里之前有的两三天前送给施主了。因此，贞子写信给栃木娘家，却收到回复说铁路邮寄的话时局混乱有可能送不到，所以只能她自己去取，再随身带回去。藤木虽然想一起去，可是公事繁忙，说不定年底连星期天都休息不了，于是贞子一天早上，买好礼物就从浅草坐上了开往栃木的东武电车。

十一

到家之后得知，继母的身体从夏天开始就已经彻底康复，现在正在让妹妹帮忙把装炭的草袋子用席子裹上，还套上了旧毯子。光是炭袋子贞子一个人都不一定能拿得动，因此决定四五天内再来一趟取白米。

全家人吃了一顿难得的团圆饭，然后贞子出门去附近的汽车库叫出租车，把她和炭袋子一并送到车站。她约好时间，在回家的路上转过町公所，就是当地著名的药师堂了。

贞子感到就这样经过而不进去参拜不合适，于是走进了药师堂的园子。在本堂屋檐和钟楼之间，是药师堂背后的茂密松林，筑波山在那松林对面遥远的地方露出面目。或许是因为十二月的天空如同镜面一碧如洗，淡淡摇曳的云霞被衬托得比阴天还要清晰。宽敞的园内宁静舒适，让人感到如同早春时节。贞子不由得想起来，藤木第一次跟她搭讪，就是自己带着妹妹来药师堂参拜，顺便玩耍，给鸽子喂食的时候。她在店里卖毛笔的时候，见过他两三回，只是面熟而已，他却自来熟地突然搭讪，让她觉得很不舒服。然而，他在店里给过自己名牌，上面写着他是中学老师，所以贞子也不便过于冷淡，于是接受了他的邀请，在绘马堂背后的茶室里一起喝了苦茶。也就是说，这是他们缘分的开端，现如今自己已是那人的妻子，一辈子都要为他洗衣做饭。想到这里，她不禁感叹人的命运真是不可思议。

贞子思绪联翩。她回忆起读小学，每天穿过园子的时候，常常捡拾白果。还想起很快就到了十六七岁，坐在同一棵银杏树下的长椅上，和朋友君子谈天说地。那时候，有个穿着方袖外套、戴着大金戒指的陌生男人向她们问路，还借此机会跟她们说上了话。他告诉姑娘们，如果想去东京，就到某某地方来，写信通知后，他还可以去接站，又给她们讲了许许多多东京的趣事。最后，他递给君子一张名片。事后，她们从附近的人那里听闻，方袖外套的男人是个经纪人，阿君很快就离家去东京，当了艺伎。自己从那个时候开始，也莫名其妙地极不愿意和继母一起生活，同样离家去了东京。整个白天贞子都在浅草，晚上不知该往哪里去，四处游荡，然而不可思议的是，竟然没有被警察发现。第二天早晨，她在上野车站捡到了别人扔下的报纸，看到银座罗拉咖啡馆发的广告，招聘包吃包住的女招待。而后大约过了半年，就被迎进了辰野的大宅子……如果那时候，她清楚君子的住处，去找了她，或许现在也是一名艺伎了。

贞子仰望着冬季里只剩下残枝败叶的高大银杏树，还看见当初坐的长椅至今完好无损，依然放在原处。她心想，即使眼下如同当初那样坐在长椅上，任凭何种男人说出何种言语来邀约她，她也会不明缘由地感到害怕。本堂的钟声响起，把她从回忆中惊醒。她看看手表，急急忙忙赶回家。不一会儿，她提前约好的车已经到达店面，预备把她和炭袋子送到车站。

坐进开往浅草的电车时，驾驶员轻而易举就帮她把炭袋子搬到了车厢里，可是，一到浅草，贞子立刻就束手无策了。尽管她把炭袋子拖到了车厢外，可是依靠一个弱女子，是无论如何也没有力气继续搬走的。她在人群中拖了一段路，停下来休息，休息一会儿又继续往前拖，月台长得似乎没有尽头。她的手指早就磨破了皮，额头上汗珠密布。她终于累得气喘吁吁地停在原地，肩膀剧烈地上下起伏。在一旁休息的车站壮工看不下去了帮她扛到了检票口，恰好遇到行李搬运工，炭袋子终于得以搬到了待客的出租车旁。然而，一谈到目的地，司机却表示只能送到上野，于是贞子再次束手无策，决定先顺路到池之端的蝴蝶茶馆，再从那里换车回家。

十二

这天傍晚，藤木从编纂所回到公寓，发现早晨回老家取炭的贞子尚未归来，于是立刻外出吃晚饭。就在他漫步于银座大街上的时候，看见那位名叫君塚嘉子的寡妇——自从去年今日初次相遇以来，两人的关系就没有断过——正领着女仆在龟屋店里买东西。于是，他在路边停下脚步，假装欣赏橱窗装饰，等着她出来。

"哎呀，藤木先生。"听她呼唤，藤木故意装出一副吃惊的模样来，摘下帽子不说话。

"最近你怎么样？……挺美满？"

"太太，我们不是说好不提这事吗？你这就要回家吗？"

"回不回都可以。我们看看电影如何？要不然……"

"难得见一面啊！如果你方便……"藤木靠近她迈开步伐。

藤木结婚之后没有断绝和嘉子的关系。他刚把结婚的事情向嘉子坦白的时候，嘉子当然没有给他好脸色，不过也没有他预想的那样充满敌意和嫉妒，因此藤木大大地松了一口气。同时，他也留意将两人的关系保持在因时因势调情、点到为止的程度，若是对方邀请，他不拒绝，但从不主动邀请。

关于嘉子的身份，藤木只知道她在芝公园某号地有一座合适的房子，装了电话，雇了一个女仆，过着轻松舒适的生活，除此之外一无所知。他偶然从以前当家庭教师的那家夫人嘴里听说，嘉子曾经是个实业家的太太，和私家车司机犯了错而离婚，为了保存脸面对外谎称寡居。她看上去不缺钱，刚认识不久便送了藤木一只铬制腕表。领带之类的东西此后几乎每次见面都送，不知已经多少条了。

藤木觉得她浅薄，可是又对这种浅薄产生了兴趣，陷在受邀的诱惑中无法自拔。藤木瞅准年近四十的女人的弱点，身为男人却卑躬屈膝地谄媚讨好，又因为效果立竿见影无比欢喜。

站在藤木的角度来说，这一行为本来就不仅关乎感情。他从学生时代起就把卑躬屈膝、溜须拍马、讨人欢心作为生活的第一要义。就像津村贤作为娱乐活动的出资人必不可少一样，大学老师春山博士作为就业及其他方面的斡旋者，也不可或缺。就连正经妻子贞子如今也和嘉子一样，成了生活上的必需品。自从藤木得知，贞子离开辰野的宅子回到家乡时，得到了两千日元的补贴，其中一半赠了了继母，剩下的一半则存了起来，他便巧妙地说服贞子，让她垫付了今年春天拜访双方父母时的一切费用。到现在他都磨磨蹭蹭没有还钱。他心里盘算着，每月各项开支支付不起的部分，贞子总会设法解决，于是凡事都佯装不知。如此走运，连藤木自己都不知该如何庆祝。在单位里受领导器重，回到家有温柔贤淑的年轻妻子，出门在外还有意想不到的好寡妇。他的人生道路，并未像他在地方中学拿着低薪当教师时想象的那样险恶且无路可走，反倒是春风得意。藤木意识到自己的经验和认识不足，同时也发现，只要接近权贵，卑躬屈膝，阿谀奉承，得到人生的幸福绝非难事。而且阿谀奉承也并非极其痛苦的工作。他坚信，找到捷径，接近乐于受人阿谀奉承的权贵，正是处世的秘诀，命运的钥匙。

藤木来到新桥边，看见嘉子把装着新东西的包袂交给带来的女佣，叫辆出租车把她打发回家，便趁着桥上行人稀少，灯光昏暗，凑近嘉子身边，握住她的手说：

"太太，今天晚上我可以晚回家。我们好好喝一杯如何？"

"真的？你不总是着急回家吗？"

"没有，前一阵我的确很忙。连休息日都没有，忙得焦头烂额。最近稍微闲一点，这才得以喘口气。"

"我说，藤木先生，今后你每周一定要见我两次哟，好吗？我绝对不勉强你，绝对不给你添麻烦，你就答应我吧。"

"好。我一点都不担心。"

无论女人说什么，藤木一概都说好。到时候万一不方便，随便违约，事后道歉就好。也就是说，这样比老老实实回答好，这是他的经验之谈。他不仅满口答应，还说：

"我其实还没吃晚饭。"

"那我们就赶快去吧。去哪儿好呢？"

两个人窃窃私语地上了出租车。

　　　　　　　※　※

　　离开芝神明宫背后幽会的酒馆，藤木先坐出租车把嘉子送回家，然后回到了御成门的公寓。但是他没有立刻进去，而是站在路边仰望自家的房间，观察是不是亮着灯。窗户里黑黢黢的，只有对面屋顶上的电灯反射在窗户玻璃上，因而藤木猜想贞子可能已经睡下了。就在这时灯突然亮了，窗户上映出一个人影来。

　　藤木并不知道，贞子在蝶子的店里正好遇到她家先生画家津村，大家热热闹闹地共进晚餐、聊天，甚至忘记了时间。不过其间她还是打了两个电话，这时才刚到家。藤木一心以为是因为自己晚归，贞子本已睡下，又再次起身打开了灯。于是，他当即站定，打算消消酒气，却看见窗户上的影子不停地活动，时浓时淡，很快就固定在一个地方，渐渐现出了清晰的轮廓。

　　人影似乎正站立着脱衣服，片刻间影子变淡了，似乎只剩下贴身衣裳，胳膊和身体的形状一清二楚，但是影子很快就消失无踪，窗户上只留下朦胧的灯影。

藤木之前虽和贞子同住一栋公寓，却连句话都不敢说。他痛苦难堪，常常蹑手蹑脚窥视贞子房间的钥匙孔。那个时候，他若是像今晚这样看见窗户上映照的身影，或许会丧失自制力。然而事到如今，她的秘密与羞耻已经毫无遗漏地展现在自己的面前，丧失了神秘的力量……藤木一边这么想，一边走进公寓上到二楼。

他伸手一推房门，没有上锁。他悄悄从一两寸的门缝里向内看，闻到了生炭火的气味，贞子穿着巴里纱的睡衣，正跪在地上给陶火盆生火。藤木故意用手指头叩叩门，贞子听见后起身要迎接他，他便进屋迎头抱住贞子，说：

"都生火了呀，辛苦你了。"

"可沉了！一元出租真坏，不愿意拉我到这里。没办法，我只好顺道去蝶子家吃了晚饭。"

"是吗？今天晚上可以暖暖和和睡一觉了。"

"津村先生也在，所以我还给你打了两次电话。"

"那真是遗憾了。我和公司里的朋友去庆应前面吃饭了。回来的路上又去了趟二本榎……"

"伯父挺好？"

"挺好的。"

"大米我没办法一起拿回来，过个两三天我再去一趟。"

"有炭就放心了。"

"我还去药师堂拜了拜。银杏树和鸽子都跟先前一样。"

藤木已经彻底忘记了当时的事情。即使回忆起来，他对过去的回忆也不感兴趣，所以贞子关于今天半天经历的一大番话，他也只是心不在焉地回应。房间里的温暖和之前积累的疲惫变成倦意席卷而来，他强忍着，却听见贞子一个人精力充沛地说道：

"已经几点了呀？我清醒得很，睡不着。"

"不用勉强自己睡啊。我说，贞子。"

"嗯，什么事？"

"最近你好像不是那么讨厌我了。真是不可思议啊。"

"你真是的，我要是讨厌你就不跟你在一起了。"

"是吗？可是我还记得第一个晚上。我当时完全绝望了。"

"那时候我还什么都不知道。"

"是这样吗？"

"你说什么呢？真讨厌。多无聊呀！"

"和那个时候比，你胖了。"

"津村先生也这么说。我前一阵在虎门见到了以前在拉福威尔的人，她也说我胖了。"

"女人过了二十都这样吧。"

"我明年就二十五岁了。一想到将来的事，总觉得心里没底儿。我真心想要孩子。"

"没有也是无可奈何的呀。"

"为什么没有呢？这也是命中注定吗？"

"也许是这样。"

"我说，我读过一本翻译小说，叫作《女人的一生》。"

"嗯，"藤木心想，若是告诉她自己没读过，又不得不听她长篇大论了，所以回答，"那是很早以前的书了。"

"读了那本小说，我觉得孩子也是辛苦的种子，或许没有更好，可还是感到很寂寞。"

"我困了，可以睡了吗？"

"我来关灯。"

十三

比去年还要寂寥的正月一过，从二月左右开始，不仅是街灯，连居民家里的电灯都变得更加昏暗，家家户户门前檐下的灯都熄了，高层建筑的电梯也停了。忙忙碌碌中天气渐渐暖和了起来，炭的匮乏似乎已经缓解，可是随着天气渐热，自来水又几乎没有了。

入梅后天气持续晴朗，布告终于通知：除了早晚六点左右的一两个小时，自来水断水。不过，拿着町会发的票可以买到白砂糖和火柴了。因为没有自来水，电车大街上出现了拎着水桶寻找水井汲水的男男女女。公寓生活也因为早晚的烹饪洗衣而更加不方便了。

刚开始的一两周，贞子五点天一亮就起来淘米洗衣，可是她本来就不习惯早起，很快感到身体疲劳，虎门西式裁剪学校她也常常偷懒不去了。

街上的澡堂关门歇业的也很多，偶尔有开门的，也拥挤不堪，连门都进不了。到今天为止，贞子已经三天左右没有洗澡了，本就疲惫的身体随着入梅后的潮湿闷热更感疲惫，累得眼窝都凹下去了。那天晚上的晚饭，也是藤木回家之后用事先打好的水淘米做饭的。

藤木提议外出纳凉顺便吃饭，可是贞子连化妆的心情都没有，说道：

"我不想出门，你一个人去吧。据说烫了头发在外行走会被骂，我害怕。"

"怎么可能有这种事！公司里上班的女人都满不在乎地烫头发呢。"

"是吗？可是住在十一号的女招待是这么说的。昨晚在回家的电车上，被穿着国民服的人狠狠骂了一顿。"

"那恐怕是半分嘲笑半分欺负吧。不过女招待是不行了。舞女据说也就能干到今年。你选了个好时机辞掉女招待的工作，多好啊。"

藤木笑着说道，并无他意。可是在贞子听来，他就差没说"多亏了我"，感到极为不悦。

"啊，真热呀，一丝风都没有！"她说着把头探到开着的窗户外。

"我们吃点什么吧。穿着打扮之类无所谓。"

两个人从外卖店点了些东西吃完晚饭。藤木穿着单衣和服出门纳凉了。窗外傍晚的天空中，晚霞的余韵久久不散。风忽然止住了，热浪袭人，反而比白天还闷。贞子心想，至少需要把碗碟洗干净吧，于是来到门背后的水池边。可是看来是过了使用时间，水龙头里一滴水也出不来。幸亏还有打湿的毛巾，贞子擦擦脸，盘算着藤木这就要回来，于是穿着长衬裙来到路边，为了求得些许傍晚的凉风，蹲在了行道树下。然而经过的汽车掀起尘埃，不知从何而来的蚊子成群结队地围攻她，无法长时间乘凉。她回到六榻榻米的房间，为了忘记炎热，收拾起抽屉和衣柜来。她收拾完后拉开小橱柜的抽屉，里面塞着信、电报等各种物品。在最下面邮政存款和银行的存折之间，夹着用带子绑起来的东西。她解开一看，是旧照片和户口副本。照片是她十八岁的时候在小日向水道町的宅子里和早逝的丈夫并肩而立拍的。户口副本也是那个时候的。

她忘记了暑热，忘我地沉醉在当时的追忆中。

她忽然看见身旁的穿衣镜里映照着自己的脸庞，不由得比较起照片和镜中自己的脸来。现在这张因为夏天而消瘦的脸庞上，完全找不到过去纯洁无瑕的影子，就连年龄看上去都大了十几岁。

一想到自己变得如此憔悴，如此污秽，都因彻底改变的境遇造成，贞子感到再婚后现在的命运无比悲惨。对藤木与日俱增的不满涌上心头。尽管这都是些不值一提的事情，可是贞子到底无法把藤木当作可以托付终身的男人。在外人眼里他或许诚恳温柔，可是她强烈地认为，这种温柔和诚恳，是男性对弱者的强烈保护欲，并非发自丈夫纯粹的爱情，打个比方，这和咖啡馆的客人征服关注的女招待没有太大差别。他时不时故意显示出的温柔和诚恳，其实只是为了满足情欲而施展的手段。这是她根据迄今为止几次体会到的极为琐碎、难以描述的男人的模样而感知到的。贞子猜想，若说藤木发自内心对自己有难以割舍的瞬间，也仅限于二十四五岁女子完全成熟的肉体魅力和极为敏感的感官在男性的挑逗下激荡的那一霎那。同时，贞子也体会到女人的身体和心灵在那样的情况下展现出完全不同的功能。因而她曾经因为感到自己的身体如同娼妇一般下贱而厌恶。而且，一旦知晓了这种令人厌恶的体验，无论如何抑制，身体都不能顺从于心。她明白自己再也寻不回过去纯洁无瑕的心情，已经陷入自暴自弃，抛弃了女性的羞耻心，把身体交给了男性巧妙的挑逗。回忆起来自己如此已近两年，接下来只会越演越烈。想到这里，贞子感到无比悲哀，茫然地凝视着镜中自己的脸和穿着汗涔涔长衬裙的身体。

突然，镜子中出现了藤木肤色偏黑的脸，紧贴着自己的脸颊，贞子吓了一跳，赶紧避开，把手里的照片藏到膝盖底下。

"让我看看，是什么东西值得你藏？"

藤木一把抢过来，看了一眼就把照片扔在梳妆台上。贞子默默地把照片和副本按原样系好收进小橱柜的抽屉里。藤木似乎特别热，他脱下单衣和服，只剩下一条脏兮兮的内裤，四仰八叉地躺下，把两条腿搭在窗户上，"啊——"地打了个哈欠。他看上去不仅十分下流，而且黑乎乎的身体连一点品位都谈不上。这与贞子刚才因为照片而忆起的辰野家的生活相比，有着天壤之别。前夫如同贵族年轻公子，而现在的丈夫却犹如出租车司机。

十四

第二天一早，贞子在来自来水的时候就起了床，煮好早饭喝了牛奶，等藤木一出门上班，就穿好洋装也外出了。藤木出门前，贞子说如果天气凉快就回家一趟取大米，其实她从昨晚就突然格外地不想留在公寓里。一天也好，半天也好，她很想远离公寓的生活，远离藤木。她把照片、户口副本和存折归拢一起放进了手提包，先去了青山的墓地。

自从和藤木一起生活，贞子想尽力忘却过去的一切事情，所以今年她还一次都没有来扫过墓。或许正因如此，她感到这一带茂密的夏季树荫特别凉爽。

她上一次来恰好是前年的这个时候，因为车祸而怅然离世的寡居夫人的墓牌还是木头制作的，现在已经换成了和她丈夫相同的根府川石碑，并排而立。罗汉松的绿篱正面立着的两个上上代的先生和夫人的墓，右侧是寡居夫人的新坟和她丈夫的墓，而孤寂地立在左侧略远位置的，便是贞子前夫的墓。

贞子请茶铺的男人帮忙拿来上供的炷香、花和水桶。在等他略微清洗石碑、摆放花束的时候，贞子挨个在墓碑前跪拜，忽然想到自己当初若是一直留在辰野的宅子，终有一天将获得资格，作为这个荣耀家族的成员之一安葬于此，不由得为人的命运多舛而感慨万千。

她回到茶铺的长凳边，付了炷香和鲜花钱。她喝着茶，却提不起回家取大米的劲头。如果不去，这一天时间在哪里打发呢？是去找蝶子，还是去津村贤先生的情人家玩呢？她考虑着去处，目光却被茶铺门口花盆里绽放的栀子花和西洋绣球吸引。就在这时，她看见曾经工作过的银座酒吧拉福威尔的老板夫妇正向门口走来，像是刚刚扫完墓。

"哎呀，这不是特蕾莎吗？"首先打招呼的是先生。

"那段时间真是承蒙您关照了……"贞子站起身问候道。

"听说了你的喜事，我们暗地里都挺高兴。还住在以前的地方吗？"夫人在长凳上坐下。

"是的。我一直想登门拜访当面道谢，结果……"

"叫你特蕾莎……恐怕是失礼了。我把你的真名忘记了，"先生拿起店里女服务员端来的茶杯，说道，"拉福威尔终于陷落，也就开到这个月底了。"

"啊，您要关张了吗?"

"这样的世道，生意越来越不好做了。恰好叫米米的姑娘……你认识吧? 她跟了一个资本家，想要把店盘下来，所以我们打算就干到这个月底。"

"原来是这样! 你们今天是出来办事吗?"

"不是，我们来扫墓。你也是来扫墓吧?"

贞子不知为何想要隐瞒自己以前的身份，于是回答:"我学生时代朋友的墓在这里。"

"你要没事的话，到我们家来玩吧。"

"家里挺凉快。要不然我们这就一起走吧。"夫人迅速站起身。

先生把自己驾驶的汽车门锁打开，说道:"之前说过大家一起来玩的，结果不是没来成嘛。今天我们请你吃饭。"

贞子正在考虑去哪里，于是依言上了拉福威尔的车。上了惠比须车站的坡道，在树木茂密的山崖上耸立着一座古老的英式砖房，拉福威尔老板夫妇就住在这里。在满是爬山虎的土墙边，橡树和米槠深深扎根。房子周围和院子是平整的草坪，四处可见的花坛里，芍药和玫瑰正在绽放。

　　先生名叫广冈浩一，出生在横滨的生丝商人家。他最初想当画家，中学一毕业就立刻去巴黎留学了。然而和来自世界各地的美术生一起，每天欣赏古今名画后，他很快就意识到自己并无才华，于是抛下画笔，考入索邦大学攻读史学后回国。他在父亲死后获得了财务自由，决定从事古书画和古董生意，每年夏天三个月在日本，秋冬在纽约和巴黎之间往来做生意。年过半百之后，他退居二线住在目黑的家中，四五年前出于个人爱好，在银座开了一家俱乐部风格的酒吧。但是，出入酒吧的大部分客人都是西方人，自政府去年开始对这条路加强管控后，他甚至有可能被怀疑为间谍。而且，四五天之前，有着美好回忆的巴黎也陷入了敌手，法国人民蒙受战败的耻辱，这让先生在精神上深受打击，因而下决心把酒吧转让他人，此后将彻底离开俗世，度过余生。

广冈最初决定交换东西方的美术品和书籍并非仅仅出于商业目的。他秉持一种信念，即世界各国的有识之士发现并理解彼此不同的文化真髓，常常会加深相互间的国际友谊，为各自民族的幸福与和平作出贡献。艺术有着和宗教相同的力量。广冈刚到巴黎留学的时候，受到史学家儒勒·米什莱著作的启发，相信爱国之情发自对祖国的自然和传统热烈的赞美，当时的日本人不仅要了解西方的现状，更应该推动对过往文化的研究。同样，西方人若想更为准确地了解日本，也必须理解这个国家已经消失的固有精神。了解彼此过往的唯一道路或许就是古书、古代美术的鉴赏这一捷径。但是，随着年龄渐长，他放弃了自己的理想和信念，认为这并无效果，只是痴人说梦。他只愿每一天的日子不要过得无趣，于是出于五分爱好在银座开了家酒吧，从出入的外国人口中听外语，独自一人沉浸在回忆中，追忆耗费了他半生心血却一无所成的事业。一九四〇年波兰共和国灭亡后欧洲持续战乱，让他这份短暂的老年乐趣也消失殆尽。不仅如此，广冈认为，这场战争无论各国胜败，都证明欧洲的文化经过文艺复兴几个世纪的全盛期后，已经迈入了衰亡。

听见广冈驾驶的汽车进入大门的声音，一个身着黑衣、系着白色围裙、佩戴白色头饰的十四五岁女仆和一条银色的长毛小狗立刻出现在玄关门口迎接大家。女仆的服装、飘荡着忍冬花香味的玄关景象让贞子感到自己正在观看西方电影。随着她走进屋子，客厅、阳台和餐厅的陈设一一映入眼帘，这种感觉越来越强烈。

阳台上，一只白色鹦鹉站在挑子上，听见脚步声，知是人来，便不停地用英语说着"Welcome, Welcome"①。

女仆把桌子搬到阳台上，贞子和广冈夫妇一起吃了饭。但是原本年龄和经历就有着巨大的差异，所以无论如何努力也找不到可以长时间聊下去的话题。正好今天天阴挺凉快，贞子打算就此告辞。正

----

① 即"欢迎，欢迎"。

在这时，一位穿着广东绸的夏装、戴着巴拿马草帽的青年从院子那边独自走了过来。那时候他不时带着西方人到银座的拉福威尔来，所以贞子知道他是越智先生。还听店里的女人议论，说他和广冈夫妇已逝的女儿在国外生活时认识，是坐同一艘船回来的。

在当时的女招待眼中，越智是在银座各处酒吧出入的客人当中难得一见的风度翩翩、从不油嘴滑舌的人，因此受人尊敬和喜爱。尤其对于贞子来说，第一次到他桌边服务的时候，就感到他落落大方的举止神态与前夫有着相似之处。这种欢喜让贞子觉得他是最好相处的客人。

"你经常过来玩吗？"

"不是的。我今天在青山的墓地偶然遇上了先生和夫人。"

"越智，今天是胜枝的祭日。日子过得真快啊！"

见越智把一支香烟放在嘴边，广冈为他擦燃了一根火柴。

"是啊。"越智点点头。但他似乎不愿意勾起夫妇二人对悲伤过往的回忆，故意找贞子说话：

"后来你好像一直没来过银座吧？我还以为偶尔能在那边见到你呢。"

"倒也不是。不过真的是很久不见了。"

"和那个时候相比，你更沉稳了，有了夫人的模样。"

"变得不纯洁了。年龄也大了，而且没有任何修饰。"

"没有这回事。我不是在恭维你，比起银座风格的化妆，你现在的模样好得多。看上去很健康。"

女仆端来了咖啡。越智说他偶然在城里的旧书店里找到了一本古书，是《一千零一夜》的法语译本，把它拿给广冈看，广冈又把他收藏的同一本书的另一年代的版本取出来。这让想回家的贞子失去了中途离场的机会。很快，傍晚来临，贞子终于从椅子上起身时，碰巧和越智作伴出了门。

"你坐公交车还是省线？"

"哪个都可以。越智先生，你呢？"

"我也是哪个都可以。我想找个地方吃点东西，你去吗？"

"我中午吃了不少……"

"没关系，你就当陪我吧。我早晨十点之后就再没吃过东西。"

"好，那我和你一起……。"

贞子心想，现在这个时间回家，正好赶上藤木回来，所以打算晚一些再走。

"银座不好，吵吵闹闹的。"

"是啊，没错。"

"你知道什么合适的地方吗？"

"我还真不清楚……"

"也可以换个方向。哪里好呢？我家附近有一家西餐馆。我现在还忍得住饿。"

"你家在哪儿？"

"在牛込。"

"那一带挺让人安心的。"

"搞得我们像在幽会。不过，没有比人的疑心更可怕的东西了。因为本来就子虚乌有，所以一旦没有真凭实据的事情被疑为存在，就连反证它的证据都拿不出来。思想上的嫌疑完全就是这样。"

不知何时他们走到了惠比须车站附近，正好遇上从市中心工作单位回到郊外的人们络绎不绝地上坡来。两个人站在路边等待经过的出租车，可是总也等不来。

"越智先生，我显得比在银座的时候沉闷了吧？"

"你本来就不是吵闹的人。不过这么一说，我倒感觉你变得有点太一本正经了。"

"我有些跟谁都说不出口的烦恼。"

"是吗？我呢？就算是听了也没有别的人可以说，你放心。"

"我觉得没有比男人的心思更难懂的东西了。"

"原来是恋爱的烦恼呀！特蕾莎，我以为你结婚了，是还没有吗？"

见他吃惊地注视着自己，贞子不由得脸红了。不知为何，她不愿意坦白说自己已经正式结婚，为了打岔，避免当即回答，她假装寻找连个影子都没有的出租车，东张西望。片刻后，问道：

"越智先生，如果老板的女儿还健在，你们是打算结婚的吧，不是吗？"

"是啊。当时或许就是这样一种打算。但是，这就像一场梦啊！现在想起来，在大洋彼岸见到她的时候，她的身体已经不太好了。虽然大家都夸她钢琴弹得好，可她常常悲观地说，日本的女性身体羸弱不听使唤。不过，她回到日本之后，还得以延命，多活了一两个月，这也是不幸中的万幸……"

"老板和老板娘真是太可怜了。"

"他们也许已经认命了。"

"越智先生，你还是单身吧？"

"单身更轻松啊。如果有合适的人选你也给我介绍介绍吧。"

贞子清楚地知道这只是嘴上随便开的玩笑，所以她没有回答，默默地注视着男人的脸庞，就像忽然想到似的说：

"英年早逝的人，总是让人难以忘怀啊。"

这一次，越智什么都没有说，只是将视线移向远方。突然，两人听见出租车的声音，不约而同地转头向身后看去。

※　※

　　两个人在神乐坂的一家西餐馆用过晚饭，走到外面一看，正好到了夜店热闹起来的时间。很久没有沾过酒的贞子因为喝了鸡尾酒和白葡萄酒感到微醺，而且今天这半日，从中午开始就一直在谈天，眼下不知不觉有了敞开心扉的念头，在人头攒动的夜店中，她看到有趣的东西，也轻松地叫越智和她一起看。下了坡走到护城河边，月亮已经升起来，挂在河堤上茂密的松树枝条间。

　　"我们再走一走。不累吧？"

　　"不累。马上就到你家了吧？"

　　"就在快到市之谷见附的地方。要不然你把我送到家吧？"

　　"你是和家里人……"

　　"就我和妹妹两个人。妹妹打算安稳下来再去一次西洋，但是战争开始，恐怕已经走不了了……。"

　　"您……能雇我当家里的女佣吗？"

　　越智以为她在开玩笑，轻松地说："好呀。你过一阵来玩。"

"我是真的想了结过去的生活，无论是当女佣还是做其他工作。无论如何也想恢复单身。我本想再回咖啡馆工作，可是时局和以前不一样了，这可能也办不到了……"

"可是，你现在有同居的人吧?"

"对。所以，我想和他分手。只要分了手，我就会感到幸福。他原本并非我一开始就喜欢的人，所以哪怕我再怎么努力忍耐，都忍不下去。比起和那样的人在一起，我还不如干脆当别人的小妾，那样反倒更好。我经常这么想。"

越智"嗯嗯"地颔首，贞子非同小可的话语，让他无法立刻回答。贞子的声音时不时颤抖，甚至与他并肩而行的身体沉重得似乎会向他倚靠。但是，就在话音中断的时候，他发现两人已经来到左内坂的坡下，于是越智站住脚，充满怜爱慰藉地把一只手搭在女人肩上，说道：

"我家就在坡上右手边。大门口有门牌。太晚了不合适，今晚我们就在这里告别吧。"

月亮高悬，在地上画出两人的身影。每当省线电车经过河堤下方，它的灯影都沐浴着月光在水面掠过。

"我家电话号码是牛込某某号。"越智担心又怜惜地停在原地，观察着贞子的神态。而贞子早已反省，恢复了自制力，用平常的语调说：

"承蒙您款待了。那么，我真的可以来叨扰吗？"

"可以呀。你别客气，随时来玩。"

"那我坐电车回家了。"

"路上小心。"

越智握着她的手把她送到车站，一直到电车来都没有松开。

"再见。"

"再见。"

十五

虽然说是夏夜，毕竟已经接近了十一点，可是从公寓楼梯一上到二楼，她就听见自己的房间里传出肆无忌惮的说笑声，站在走廊尽头都能听见。

贞子从半开的房门悄悄向里窥视，藤木的身影被衣柜一角挡住，但是能看到一个来客模样的男人，大概三十来岁，头发五五分，戴着赛璐珞宽边眼镜，身穿深灰色的裤子配条纹衬衫，袖口挽到了胳膊上。他正一只手端着啤酒杯，盘腿而坐。

"原来如此，哈哈哈。总之，你在各个方面都是个成功人士。尤其在女人方面格外成功。我要向你学习。哈哈哈！"

"久攻不下的家伙呢，那就得长期战加包围战咯。我家那位，你知道吗？我花了两年时间，多蠢啊！"

"锲而不舍的方针没错啊！"

"她看上去就是个普通女招待，但是她在专门面向外国人的酒吧里，恐怕一直以来也行走于各个宾馆吧。"

"可以了。既然服务百分百满意，还不要小费，你就该既往不咎了。哈哈哈。"

两个人又一次放声大笑。

"几点了？我想见见她再回去。"

"马上就要回来了吧。再来一杯如何？"

贞子不好突然进门，蹑手蹑脚地向洗手间方向走几步，然后靠近屋门后抬高脚步声，略停一下说道：

"我回来了。"

笑声戛然而止。只听藤木的声音道：

"是贞子吧？回来得真晚啊。"

藤木叫贞子，会根据时间和场合，时而带尊称，时而不带，并没有规律可循。不过，不带尊称常常不是在两个人独处的时候，一定是旁边有人的时候。尤其是不熟悉的人在的时候，藤木必然不止说话方式，连态度都会大变，摆出一副大男子主义的模样来。甚至有时候会故意抱怨说："情商太低真让人伤脑子。"贞子已经听惯了，所以有人在的时候，她既不回答也不道歉。她跪坐下来对客人说：

"初次见面。"

头发五五分的男人盘腿坐着不动，说：

"太太，哈哈哈，果然是……哈哈哈。我是列传编纂所的泽口，请多多关照！哈哈哈。"

贞子见他为了一点都不可笑的事笑得如此大声放肆，从刚才开始就感到不悦，于是并不搭理他。屋子里被香烟搞得乌烟瘴气。她皱皱眉头，视线移到窗户底下的两三个空啤酒罐。

"太太，喝一罐如何？藤木，你给倒上呗。"

"机会难得，但是我……"

"藤木，你太太真的不喝酒吗？太太若是出身银座的话……哈哈哈。"

从站在走廊里听见他们说话开始，愤懑就一直堵在贞子胸口，现在她好不容易才忍住快要掉下来的眼泪。

"我去找一下办公室的阿姨，要是她睡了就麻烦了。"

她留下这句话，来到走廊。她只是想换件衣服洗洗脸，可是共处狭小一室，来个客人就连这样的小事都办不到，太痛苦了。她从三楼再上一层，来到屋顶的晾衣场。在牛込护城河边漫步时看见的月亮已经藏了起来，潮湿的风从阴沉沉的天空吹下来，给汗津津的肌肤添了一层凉意。只听见晾衣场上悬挂的单衣和服和床单时而闪动的轻微声响，没有一个人乘凉，因此贞子脱掉衣服，只剩贴身内衣，迎着风眺望夜景。

正面人家的屋顶之间，露出了芝公园茂密林木的树梢，左手方向几条街道的路灯排成行列向远延伸。城市里的各种声音汇成一股低沉的哼鸣。这声响与黑暗的夜空、城市的灯影直击贞子心口，今天一整天的事情虽早已化为过去的幻梦，却让她更为怀念。自己为什么能够突然开口，告诉越智先生想要去他家做女佣的呢？就因为自己说了这样的话，越智先生才委婉地逃跑的吧？或许这不过是逢场作戏，和咖啡馆里任何一个客人的所作所为没有差别。如果当时越智先生就像客人那样理所当然地把她带走，她恐怕也会忘我地依言而行……以往在银座的时候，她还能依靠贞操、廉耻之类虚幻之物的影子守身如玉，可是如今她已沦落到男女同居的地步，暴露在现实面前。对她来说，悔恨也好，恐惧也好，早已不是深不可测之物。纵然遭受欺凌侮辱，和现在的公寓生活相比，或许并无太大差别。若说有差别，不过是作为对象的男人改变，自己的境遇恐怕总归一样……贞子接下来又恣意幻想，却忽然醒过神来，战战兢兢环视周遭。

十六

寡妇嘉子联系藤木，都是通过寄信或是打电话到他单位。这天，她打电话说，之前雇的女佣告假，今晚请务必抽空直接来家，已备好饭菜。于是，编纂所下班后，藤木绕道去了她家。

此前，在工作了四五年的女佣面前，他们碍于情面，也惧怕事情传出去，因此两个人总是在外相会。而今晚只有一个临时的仆妇，已无所忌惮。外卖送到，晚餐备好，洗澡水也烧好了。

藤木洗了个澡，换上新的单衣和服，在面朝小院的客厅里，和嘉子两人品着冰镇啤酒。醉意渐浓，他体会到了一种与时常幽会出入的茶馆、宾馆所不同的家庭氛围，安稳得让他难以言表。不知不觉夜色已深，当他缓过神来，已经过了十二点。嘉子不停劝说，让他偶尔留下来过一夜。藤木要想回去倒也能回去，可是时间太晚了一些。他想，借口要多少有多少，可以谎称单位里突然有急事，或是值班的人生了急病回家，自己需要立刻替代，于是就听从劝说留下来过了一夜。

第二天早晨，因为不得不去编纂所工作，所以他在上班途中温习着昨晚想好的借口，顺道回了一趟公寓。他一推门，发现上着锁。藤木猜想，自己昨晚未归，贞子一定是担心安全问题才锁上了门，还在睡觉呢。他敲门的声音渐渐大起来，可是只听见这声音响彻楼道，屋子里却毫无声响。他心想，贞子大概是趁着凉快早起外出购物了，于是把眼睛耳朵贴在锁孔上窥视屋内的情况。这时，拎着清洗衣物的隔壁女人说：

"早上好。太太刚才好像出门了。"

"这样呀！我忘了点东西在家。"

藤木裤兜里还藏着另一把钥匙，但他惦记着上班时间，于是没有开门便径直走了。可是，傍晚时分他按照往常时间回家后，门依然锁着，和早晨一样。她一定是回娘家取大米，还没有回来。藤木掏出自己的那把钥匙，打开门进了屋。一整天关得严严实实的房间闷热得让人喘不过气来，呛人的尘土味，让人一瞬间以为自己进了久未住人的空房子，不安与寂寥涌上心头。他把窗户和房门敞开，一边脱西装一边不经意地环视屋内，感到屋子收拾得很奇怪，刚才就有所觉察的那种说不清道不明的寂寥感越来越强烈。恰好送报纸的人从敞开的屋门投进一份晚报来，藤木弯腰拾起，忽然发现水泥地上有一个女性用的信封，上面写着：

藤木先生收

清岛贞子缄

藤木顿觉异样，抽出里面的信纸展开。

　　承蒙您照顾。自昭和十三年（1938年）年底起，恰好一年半。我领悟到，自己到底是个无用的女人。非常抱歉，请允许我离开。我不原在信中说什么，也无法尽述。具体缘由你不久将在二本榎和池之端听说。在此之前，请不要急于寻找我的去向，否则我只有死路一条。请原谅我仓促之间字迹潦草。请务必保重身体！

藤木手握书信，低垂着头陷入沉思。难道仅仅昨天一个晚上未归，就导致贞子离家出走吗？若是这样，贞子一定对自己与嘉子的关系了如指掌。可是，迄今为止她没有流露出任何蛛丝马迹，难道是为了抢占先机逃走，故意让自己放松警惕吗？难道她在外面有其他男人？该不会是在银座当女招待的时候就有关系的男人吧？总之，彻头彻尾相信贞子已是囊中之物，相信贞子无论是精神还是肉体都已经彻底属于自己，是一个错误。她果然并未发自内心地爱自己。和三四年前在浅草雷门巧妙地把人抛在一边逃跑时一样，这一次，她在同居的一年半的时间里一定在不断寻找逃离的机会。自己也有错，错在给了她逃跑的机会和借口。可是在这段岁月中的日日夜夜，没有任何迹象表明她在寻找机会逃离。藤木感到两人之间没有任何隔阂，贞子把自己完完整整托付给了他，就像在说："我只有你一人可以依靠。交给你的身体，我不会再让任何男人触碰，哪怕是一根手指头。"在那一瞬间，一切或许并非伪装。然而，她一旦离开自己，去到别的男人身旁，恐怕就会成为那个男人的所有物，如同托付给自己一样……忽然间，那个夜晚的景象浮现在他脑海中。那晚，他被抛在雷门，没能赶上电车，只好投宿于玉井某处房子。他在客人寄来的信中读到文字片段在记忆中复苏——服从并非屈辱；与其和命运、境遇抗争，不如在服从中求得安心；女性不仅比男性伟大，而且是无法揣度的。第二天早晨，听说他要回乡下，女人担心他肚子饿，把一合①牛奶分出一半，添上热水给他喝下。玉井的女人习惯成自然，温柔对待所有前来做客的男人，从不厚此薄彼。说到底贞子恐怕也和当晚的女人一样，如今或许正在把对自己做的事，在另一个男人身上重复。

藤木把脱下的西装挂在墙上，想要取出单衣和服，打开壁橱门一看，眼熟的柳条包已经不见了。他吃惊地打开衣柜检查，发现所有的抽屉都上着锁，他使出蛮力拉拽，发现里面似乎都已空荡荡，衣柜随着他的力道向前倾倒。梳妆台的抽屉里残留着香粉末，只剩一个空香水瓶。屋门口的鞋箱里的鞋子、草鞋和雨伞全都消失无踪。

---

① 日本计量单位，1合约为180毫升。

这番景象让藤木怅然若失。不知她在何时竟然搬走了这么多东西。贞子已经不会再回来了。一想到她真的从自己手中逃脱，藤木不由得坐立不安。他连饭都没有吃，穿着单衣和服就去了二本榎的净云寺，打听贞子是否来过。伯父说自从上次以后一面都没见过，当着伯父的面他只好遮掩一番。接着，他又去了池之端的蝴蝶茶馆。老板娘蝶子诧异地问：

　　"她有一阵子没来了。怎么了？"

　　幸亏店里客人和女招待们正高声谈笑，藤木把贞子的信拿给蝶子看，说道：

　　"她跑了。"

十七

　　贞子从收在衣柜里的衣服中，首先拿出了盛夏用不上的衣服，存在虎门的西式裁剪学校，剩下的一部分请公寓的阿姨帮忙送去了当铺。接下来过了大约两天，恰好就是藤木和嘉子打电话的时候，贞子对他们的事并不知情，她趁着藤木不在家，把这个时节需要的东西和随身物品全都塞进了柳条包，外出叫来出租车，给了司机小费请他把行李搬到车上。不过，她眼下并未确定去处，于是去了当时想到的东武电车浅草站。

　　一开始，贞子把一部分冬衣寄存到虎门的时候，也不是没考虑过当个包吃包住的学徒，可是一方面她担心那里距离御成门的公寓太近，另一方面经营者相当悲观，认为今后西式裁剪恐怕也接不到工费高的衣服了，所以她并未打算诚心请求。若是去池之端的蝴蝶茶馆，倒也不是不能长住，然而这一次情况不同，让她踌躇不前。这样一来，除了乡下娘家也就别无去处了。然而真让她买票，她又不情不愿。拉福威尔店主在目黑的宅子，同样也无法突然造访。结果，她能去的地方只剩下越智先生的家了。昨天她打了电话，接电话的不知是他妹妹还是女佣，用极其冷淡的声音答复她："现在主人不在家。"她深受打击，都鼓不起再打一次电话的勇气。

贞子在浅草站下了车才意识到，如果藤木打算去乡下老家打听，两人不巧在这里碰上就不好办了，于是把行李存放在寄存处，汇入浅草公园的人山人海之中。她顺着人流从商店街走到观音堂，又来到淡岛神社。两条腿不由自主地带着她再次来到木马馆后面的长椅旁，如同四年前烦恼忧闷时一样。贞子一面坐下，一面深切地感受到自己和浅草公园之间割不断的缘分。

回想一下，十七岁那年年末，晕头转向来到东京的时候，不正是在这浅草公园整整流浪了一天一夜吗？第二天早晨，因为饥饿与疲劳险些倒下，暂且休息的地方，不正是上野站的候车室吗？第二次找不到栖身之处时候，收容自己的也是上野附近蝶子的店。回忆起种种往事，此次再度流浪于浅草公园，说不定又会偶然找到栖身之处呢……

贞子从长椅上站起来，为了躲避正午的炎热，先去了大胜馆，然后迈进了帝国馆。看的电影也和平时不同，只是徒劳而目不转睛地盯着屏幕。电影院里的昏暗光线和令人舒适的音乐，让她不知不觉打起盹来。忽然觉得腰间发热，她转头观察四周，只见一条男人的粗胳膊陡然缩回了后面那排座位。她大吃一惊，连忙检查搁在膝上的包袱和手提包，以及揣在怀里的东西，还好都在，她松了一口气。然而，恐惧令她立刻起身走到室外。太阳已经下山，夏季的傍晚依然天色明亮。不过商业街早已灯火辉煌，照耀着比刚才更为拥挤的人群。

贞子随着人流挤到金龙馆，转弯后向商店街走去的时候，经过了一家茶馆。她向里一看，出人意料地漂亮，而且并不拥挤，于是她在靠窗的桌旁坐下，点了一杯苏打水。她若无其事地观察周围的客人，看见也有人点西餐和盖饭。她从早晨开始就滴水未进，饥肠辘辘，于是拿起桌上的菜单看起来。

这时候，对面桌旁的两名结伴女客中的一位，留意到墙上镜子里贞子的侧脸，目不转睛地凝视片刻，待到贞子回望她时，她问道：

"抱歉问一下，你是贞子小姐吗？"

正避人耳目的贞子吓了一跳，什么都没说，只听她说道：

"是我，君子，某町的……"

"哎呀，我完全没有认出来，真对不起。"

她有二十四五岁，腮帮子宽，肤色偏黑，头发是烫发遭到批评后立刻流行的西式新发型。结城产的绉绸做的单衣和服外面披着一件夏季短褂，打扮得正正经经。同伴是位二十岁上下的女孩，梳着溃岛田的结发型，敷着浓浓的白粉。从这样的风俗来看，她们二人应该是同一个社会的人。

"哎，我们都多少年没见了呀？真是怀念啊。"那个女人把她的同伴抛在一边，在贞子身旁坐下。

"你时不时也回家吧？老家那边……"

"对。炭火和大米没有了，不得不回去呀。"

"阿姨他们都还好吧？"

"托你的福，都还好。"

"我完全变样了。在乡下的时候，大家恐怕对我是各种评价。我呀，辗转各处，干了各种事情。

不过，现在总算在向岛落下脚了。"

"是吗？我也是经历了不少呢……讲上一天一夜都讲不完。"

"毕竟……"她掐指一算，"也都过去八年了，对吧？"

"有时候我特别想你呢。今天能在这里遇上，太高兴了。"

"你也要吃点什么吧？我们一起。"

君子把贞子领到自己那一桌，点了三个人吃的东西。

十八

从一侧为公园的向岛河堤走下，穿过幽会茶馆鳞次栉比的横街，又在巷子里拐来拐去走到深处，两侧便是一家接一家的艺伎馆了。其中一间的檐下亮着一盏灯，上面写着"君春松"，这就是贞子八年前在某町的玩伴君子现在的住所了。

这天傍晚，贞子在君子和在她家包身的一名艺伎的带领下，有生以来头一回战战兢兢地穿过了艺伎馆的格子门。一进屋便见到了从小就认识的君子母亲。她就像见到了久未谋面的亲生女儿，高兴地迎接了贞子。于是，贞子决定依言暂居于此，直到寻得安生之计。

据君子母亲讲，君子自从十六岁离家就一直在做艺伎。前年，她父亲去世，母亲和弟弟生活窘迫。幸亏此时一位汽车厂老板不仅为她赎身，出资建了这家艺伎馆，还雇了四个艺伎。母亲得以容身此处，弟弟当上了重工业的学徒工，现在住在工厂宿舍。

贞子接触到了迄今为止闻所未闻、见所未见的社会生活。最初两三天，她对所遇之事完全摸不着头绪，与其说是吃惊，不如说是目瞪口呆。这是因为，四个姑娘中有一位梳日式发型，穿着戏里出现的那种和服，一到晚上就去赴宴。其他三个人和自己一样，梳着西式发型，别上蝴蝶结和假花，穿着舞女似的裙子，有时也让厨房里的女佣拿着唱机，白天就出门去了。一旦出了门，四个人都是不到第二天早晨不回来。被称为阿姐的君子，去赴宴时和雇用的艺伎一样，西式发型搭配裙子，而且也和雇用的姑娘一样在外留宿。

　　老爷是个五十岁上下、相貌卑贱的人，他大概四五天来一回。君子似乎很早就知道他什么时候来，唯有那天晚上会穿上和服，哪儿也不去，就等着他。然后，两人叫上车一起出门，直到第二天傍晚才回来。有一天君子不在家，贞子在包身姑娘展示给她的相册里，看见了君子和其他三四个人身着舞台表演那种半裸的衣裳拍的照片，还有君子独自一人在某个温泉胜地浴室中拍的照片。贞子这才理解君子和这里其他女人的生活。而且，君子母亲也在一旁若无其事地看着照片。目睹这一切，贞子明白，这些人之间已经达成了一种默契。

六月眼看就要过去了，贞子来到这个家已经十来天。每天，町会的干部、行会办公室的男人、艺伎家的老爷等人来来回回，有的来分发东西，有的让在账簿上盖章。听女人们说，规则越来越严格。以前每月一号休息，大家可以趁此机会出趟远门，或是玩玩，现在却严令禁止。而且，那天无论多么炎热多么无聊，白天夜里也都必须在家里。另外，据说下个月开始，宴席也要到傍晚五点之后才能开始，白天禁止营业。

贞子焦虑不安，想要尽早确定生计，依靠自己的力量活下去。无论是重新当女招待还是售货员都可以。可是，要解决这个问题，首先必须让藤木同意与自己离婚。贞子和君子以及她母亲商量后，决定请行会办公室法律顾问田所律师来处理离婚事宜。

田所律师这个男人大约四十来岁，面对任何人都八面玲珑，幽默风趣，阿谀奉承，可是另一方面，他常常认真严肃地讲道理，态度让人放心。一眼看上去，既像个地产中介，又像个经纪人。

请他处理案子大约三天后，田所律师晚上八点左右，也就是艺伎馆里除了母亲、没有其他人的时候来了这一带。他像是刚洗完澡，穿着薄棉布单衣和服，摆着团扇，路过巷子里每一家艺伎馆门口，他都"哎呀，真热啊，真热啊"地打招呼，很快就来到了君子家门口，还没等开门，他就说：

"妈妈，贞子小姐，都在呢。你们放心吧！"

进屋后，他随便地把腿一盘，背靠窗口坐下来，说："贞子小姐，你会怎么奖励我呢？哈哈哈哈哈哈。前后两次会面，所有事情就都无条件地圆满解决了。"

"多亏有您帮忙呀。"

律师打开小方绸巾的包袱，说道："申请书上已经盖好了对方的印鉴，你仔细看看。只要有这个印，就再无后患。明天我会把这份申请和副本交给对方，让他送到户籍所在地办手续。所以，贞子小姐，你抽个时间，跟我一起到净云寺的介绍人那里露个面吧。"

"好的，看律师您什么时候方便，我随时都可以……"

田所律师在申请和委托书上盖上了贞子的印章，用小方绸巾把文件重新包起来，说道："刚开始的时候进展很不顺利啊。这一点也是我料到的，所以谈判开始之前，我就调查了对方的品行，结果很快发现一件事，就是芝公园那件事，对吧？所以他就不得不答应了。坏事是不能干的啊。"

贞子并不知道律师在说什么。但是，事情出乎意料地办成，她很高兴，也就没有深究。

接着又过了四五天，下午时分，田所律师和上次一样，身穿薄棉布单衣和服，手持团扇，自己进了屋。他说，这天早晨去御成门的公寓，归拢了贞子的衣柜和剩下的物品，刚才用卡车搬到秋叶后面一个叫花云庄的酒馆了。这边的房子进不了车，所以不得已就擅作主张了。酒馆老板本来就与他关系亲密，上个月起生了重病住进了圣路加医院，老板娘也忙着照顾他，脱不开身，所以他与君子的老爷就轮流抽空去帮他记个账。

君子和她母亲似乎早已了解这一情况，劝君子去看看，至少可以帮账房算算账。因为深受他们的照顾，所以贞子认为自己不能推辞，立刻和律师起身，从小巷来到横街，从横街穿过巴士通行的笔直大道，又越过商店鳞次栉比的电车大街，转到某个神社背后、酒馆众多的一条横街上。

"这边，从这里走。"贞子跟在领路的律师身后，从某座房子的后门进了屋。在一间摆放着长方形火盆和桌子的昏暗房间，她看见自己久违的东西好端端地排列在墙边，一种说不清是怀念还是悲伤的情感涌上心头——这些东西和自己一样，在栃木县某町和东京之间不知多少次辗转往复，颠沛流离，不由得陷入回忆之中。不一会儿，尽管室外夏日的夕阳还在炙烤着大地，三位穿着国民服的客人已经来到，结伴上了二楼。

一名五十岁左右和一名三十岁左右的女佣对律师及贞子匆忙打完招呼，就忙着备酒，给艺伎馆打电话。很快，办公室的男人和穿着洋装的三名艺伎前后脚来了，其中一个就是君子家雇用的奈奈子。

"爸爸，账单。"艺伎说着把一张纸条递给田所。田所打开桌上的账本，每当女佣把温酒壶放进长火盆上的铜壶中，或是从冰箱里拿出啤酒，他都一一记在账本上，并解释给贞子听，教她如何记账。

二楼的唱机播放着军歌、流行歌曲，夹杂着笑声和喧闹声传来。很快，奈奈子下楼来了。不知何时，她已经换上镶嵌着亮晶晶事物的长纱袍，一清二楚地透出身体的轮廓。

"老板，我来个他们喜欢的。你帮我记着些。"

"嗯，是熟客对吧？"

"嗯，没问题。宴席设在梅间，从哪儿都看不见里面的。"

夕阳的光芒从窗外洒进来，站立的奈奈子非但没有遮掩自己的身体，反而连跳蚤留在身上的咬痕都毫不在意，扭动腰肢沿着楼梯跑了上去。就在律师向贞子详细介绍舞蹈的庆祝仪式等情况时，安静了一阵的二楼响起了探戈之类舒缓的曲调。不用说，一定是奈奈子跳起了杂技舞蹈。

"你去看看。"

律师虽然如此吩咐，但是贞子不愿起身，磨磨蹭蹭中，电话响了。女佣从厨房里走出来说：

"还有一个小时左右肯定就结束了。"

这时候，另一个艺伎来取香烟，说："老板，樱花牌或者其他牌子都行。"一看，她同样不知何时换成了单衣和服样式的睡衣，而且连腰带都没有系。她说："一会儿还有人来的话，帮我接待一下哟，还有三四十分钟就结束了。拜托您了。"

田所不知疲倦地把艺伎每句话的意思和记账方法都解释给贞子听。

这天晚上，律师记完账，吃完饭，换上西装之后，直到接近两点才叫车回家。第二天接近傍晚的时候，他又来了，迅速在账房坐定。

掌灯时分，厨房的阿姨端出短腿桌，摆好了律师和贞子两人份的饭菜，于是贞子不得不应景地喝了点啤酒。律师回家的时候，还需帮他换上西装。结果，在外人眼里，她看起来就像是律师的小妾。

律师回家了，住店客人和艺伎各自在安排好的房间安顿下来，两名女佣这才开始吃晚饭，已是半夜两三点。女佣睡在厨房隔壁三个榻榻米大的房间，贞子则独自在账房睡下。

然而，四五天之后的一个晚上发生了一件事。白天起客人就络绎不绝，到了晚上更是生意兴隆，前一个人刚走，后面的客人就来了。十一点左右开始，连房间都不够用了。贞子两点多把铺在账房的寝具搬到女佣房间里，和两名女佣头挨头躺下。

白天累积的疲劳，让女佣刚躺下就如男人一般鼾声如雷，吵得贞子无法入眠。尤其是三榻榻米的房间极其闷热，她辗转难眠。然而每晚熬夜从事尚未适应的工作，让她身心俱疲，不知不觉间也沉沉地陷入熟睡。就在这时，她感到浑身上下都像有虫子爬似的发痒，不由得睁开眼睛。天已经亮了，借着窗外的微光，她发现自己穿着的睡衣已经不知去哪儿了，不知何时，田所律师已经来了，自己的身体正被他紧紧地抱在毛茸茸的胸口。

十九

　　清晨，阳光普照。趁着天气还不像昨天那样炎热，客人和艺伎一个不剩地各自离开，两个女佣开始在二楼打扫卫生。这时候，办公室的男人来查看昨晚来的艺伎、结账。早饭准备好了。外卖店来取餐具，出租车来拿客人的车费。忙忙碌碌中，正午的警报声响了。

　　贞子把两只胳膊撑在账房的桌子上，双手掩面，还在抽抽搭搭地哭泣。律师摆了张短腿桌放在她旁边，叫了牛尾鱼生鱼片的外卖，正在喝啤酒。

　　"早上好。"这时候，身穿无袖衬衫和裙子的君子走了进来。

　　"哎呀？怎么了？已经开始夫妻拌嘴了？这么亲密呀！"君子夺过田所指间的香烟吸上一口。律师把酒杯递给她，说：

　　"冰得正好。"

　　"我更喜欢苏打水。贞子，你怎么了？喝苏打水吗？"

"嗯，不用了。"贞子坐正，挺直身体但是并不抬头。

君子和田所对视一眼，嘴角浮起了会意的笑容，然后立刻看似担心地问：

"你怎么了？真奇怪啊。是律师对你做什么了吗？"

贞子翻个白眼，怨恨地盯着君子的脸，又立刻低下头去。

"律师，你没动手吧？对吧，律师？"

"你说什么啊！又不是十五六岁的小姑娘。是不是，贞子小姐？"

贞子又趴在桌子上。律师和君子相互看看，都观察着贞子的神色。这时，行会办公室的男人来找田所，他借机一口喝光了剩下的啤酒，对君子使了个眼色便走了。

"贞子，"君子靠近她说，"你要是这样，我会担心得不敢回家的。你跟我说说到底是怎么了？说不定我听了也不会袖手旁观。贞子，要说起来这事也是我引起的，是从我拜托律师处理你的事情才开始的。"

"不是的，没关系。怎么能说是你的错呢，我可不会这么想……"

"是啊，贞子。你什么都明白最好，要不然我这样真是过意不去。贞子，你也要理解我啊。我拜托律师，绝对是没有坏心眼的。"

"我明白得很。我还没有感谢你，也很过意不去。"

"哎呀，谢什么谢呀。区区小事何足挂齿。我们从小不就是朋友吗？同为女人，谁遇到困难都是一样的，所以我想逞能帮你，可是反而帮了倒忙。我在浅草听说你的情况后，想起了自己困难的时候，所以就把你领回家了。贞子啊，我们生为女人就是一种不幸啊。我不知道多少次都想一死了之啊。你还记得我们俩在药师堂银杏树下玩耍的时候吧？有个穿方袖外套的人给我们讲了东京，还给了一张名片，对吧？我离开家之后没有地方可去，于是就拿着名片去找他了。那时候我才十六岁，他逼我干什么我就干什么，和他好了一段时间。结果，他说要是实在没钱，就会被关进监狱，所以用三年八百日元的价钱把我卖到了小石川的白山。那就是我做这行生意的开始。不过，也多亏我干了这一行。我爸爸能找好医生看病住院，妈妈和弟弟过上现在这么好的生活，最终不全都是因为我舍弃身体，不抗拒厌恶的事，按照客人吩咐陪他们一路玩耍吗？生为女人，好也罢，坏也罢，都只能唯命是从。这一点我是深有体会，所以早就放弃了。"

君子不断随口安慰她，然后出门去洗澡了。她刚走，田所就回来了。客人也一拥而入。艺伎也来了。这个白昼也很快变成了与以往相同的夜晚。

田所趁着账房里的空档，对贞子说："今早开始一直忙忙碌碌，不过我还是想好了。我说，贞子小姐，你能甘心当我的小妾吗？我会对你好的。"

"我无论如何……"

"那就没办法了。昨晚算是临别纪念了。还有藤木先生那件事，大概花费了六百日元，回头我会算好账请你过目。你一分钱谢礼都不用给我。五百日元是给藤木先生的分手费和慰问费，名目都是他随便起的。因为这件事只能靠金钱来解决。如果只是性格不合，爱好不同，没什么可以指责对方的问题，是无法要求离婚的。可是这样搁置下去的话，你永远都无法自立。因此我就放了五百日元在他面前，跟他说好，今后不再有任何纠葛，就此干干净净一刀两断。我认为五百日元不贵。然后剩下的一百日元是请人调查藤木品行的费用、车费和行李搬运费等等。这些全都是我垫付的。"

"我带在身上的只有银行存折，明天一早我去趟银行。"

"不着急，随时都可以。你方便的时候也行。我不只是为了做生意，这么做也是为你着想。钱是摆在第二位的。你接下来怎么办？你可要慎重考虑。如果你不愿意留在这里，跑到外面去，当晚住在哪里都没有着落。就算你依靠报纸上的广告，找到包吃包住的咖啡馆，迟早也只能对客人或老板投怀送抱。反正你已经把身体交给我一次，何必非要赌气拒绝到底呢？"

这时候，女佣阿兼推开当作房间隔断的拉门说："老爷，怎么办，竹间的客人钱不够。"

"差多少？"

"二十日元左右……"

"是三个人一起来的吗？熟客吗？"田所看看账

本上的数字问。

"这个嘛，大概来过两三回。"

"现在正忙着，也不能跟他回家要钱去呀，先让他留下个手表之类的吧。"

"好的。三个人总会随身带点什么的。"女佣会意，离开了账房。

接下来出入的艺伎和客人越来越多。正在这时，办公室的男人又来通知说警察十二点前后要来临时检查。各种事情一打岔，贞子和田所的对话无法进行下去，最后，当晚还是没能得出定论。

二十

　　八月一日是花柳界的休息日。早晨客人与艺伎回去后，花云庄从大门到二楼正面的护窗板都还像昨晚那样关得严严实实，女佣和厨娘也在补觉，第二次醒来，是在接近秋天的三伏天太阳也微微倾斜的时候。

　　三十岁上下的女佣阿鹤与厨娘出门祭拜，家里只剩贞子和五十岁左右的女佣阿兼。今天田所律师大概也不会来，所以她们轮流看家，换班去洗了澡。回来之后，叫了小豆刨冰和冰水的外卖，在厨房地板上伸长了腿，悠然自得地休息。

　　"据说呀，今天要是出门，一不小心就会惹麻烦呢。要是脸上扑粉，穿着好衣服，官太太们就会抱怨说，不许穿那么奢侈的衣服。君子小姐和雇佣的姑娘今天早晨去拜观音的时候，就挨骂了呢。"阿兼喝完冰水，伸手去拿小豆刨冰。

　　"那电影院之类的也不开门了吧?"

　　"这个就不知道了。一会儿阿鹤就回来了，她肯定清楚。"

"今天正好律师不来，我还想等凉快点去趟上野，"贞子剩下些小豆刨冰，一边点香烟一边说，"晚上应该不会有问题了吧？"

"唉，这世上的事呀，我完全搞不明白了。毕竟我们出门也是在这附近。就连浅草，一年去了几次真的都能数得出来。"

"还真是。就说我吧，数数日子，来到这里只不过刚刚一个月出头，可是竟像半年一年都没出过门似的。"

"不过你也真能忍呀。刚开始的时候，我和阿鹤私底下还挺担心你呢，虽然有些多管闲事。"

"唉，人家厚颜无耻，我也无可奈何啊。再不愿意，从大白天开始就缠着我不放，我的耐心都被磨没了。"

"既然如此，你就姑且死心，好好忍耐，等待好运出现。就这样好好干，自然就能当上这家店的老板娘了。"

"这家店不是有老板和老板娘吗？"

"没有。我不知道他们怎么跟你说的，这家店本来是律师的小妾开的，今年春天因为子宫癌死了。所以你可以接替她。"

"那我是彻底上当了。君子小姐也太过分了。"

"君子小姐和律师是一丘之貉嘛。在现在的老爷之前，她就是律师的情人。"

"啊，原来如此！可是，君子小姐不也若无其事地接待这家店的客人吗？"

"这个社会的人全都如此，如果你转到阴面看看的话。"

"那么，君子小姐现在的老爷，也知道这件事？"

"那当然了。毕竟他是开名牌酒铺子的老板嘛。君子小姐以前曾在前头的玉井干过，就在来这里不久之前……。"

"说他是汽车厂老板也是谎话咯？"

"那是天大的谎话！这种人，嘴上光说些体面话，基本上都是这样。"

"啊，真可怕！我要是在这里犹犹豫豫，最后不知道还会遇到什么样的事情呢。我不能再忍了。"

阿鹤和厨娘回来了，说外面只是雷门和上野小广路附近的街头巷尾张贴着"奢侈是大敌!"的海报，并无其他状况。恰好到了傍晚，贞子给蝶子和御成门公寓的管理人都打了电话，和他们约好时间，便久违地穿上洋装出了门。

她乘坐穿过河堤的巴士来到池之端的蝴蝶茶馆，她知道一号休息，不过看惯的招牌却改了名字，变成了"如月"。她以为自己走错了门，看看两旁的邻居，依然是如同往常的零售店，再想想刚才顺利打通的电话，贞子更是不可思议，茫然地站在路边。突然，二楼开着的窗户传来了"贞子"的呼唤声。她吃惊地仰望，是蝶子，她探出头来说：

"我忘记告诉你店名改了。你从门进来。"

除了蝶子，一楼、二楼再无别人。椅子还扣在桌上，店里只亮着一盏昏暗的电灯，老鼠热闹地跑来跑去。她从楼梯上战战兢兢地上到二楼起居室。贞子不知从何讲起，只能注视着对方的脸。蝶子也同样注视着她，过了一会儿说：

"我们很久没见了。"

"从六月开始就没见了。我特别想你。"

"我不知道你在哪儿，我这边也突然有些变化，束手无策。"

"你怎么了？什么变化？"

"我不知该从什么地方给你讲起。不过，唉，都是老生常谈。我和老师分手了。"

"哎呀，真的吗？"

"上个月盂兰盆节的时候，我还不知道会怎么样，但估计没希望了。上个月不是有户口调查吗？听说如果警察知道我是老师的小妾会惹麻烦。不知道这是真话还是假话，老师说他要给政府服务了，如果让人知道他是茶馆老板很不好。紧接着，我家的女招待和客人出去玩的时候被逮捕了，差点就被禁止营业。这件事好不容易才解决，可是在为此忙忙碌碌的时候，老师和以前就很熟的模特好上了。她要是进了老师的家门，就没我什么事了。"

"所以才改了店名？"

"我一个人经营的话，不卖酒的茶馆很难开下去，所以我申请特种经营，改了名字。"

"哦，原来如此。反正我现在也无处可去了，我来给你帮忙吧。你知道我的新闻吧？"

"那件事，可是有故事的。"

蝶子对贞子转述了以前的老爷津村先生告诉她的藤木的情况。藤木先生结婚以前就有一个年长的恋人，名叫君塚嘉子。贞子走后，他立刻搬到了嘉子小姐家里。因为嘉子小姐的兄母因为她孤身一人而担忧，所以调查了藤木先生。很幸运，他们已经打算找一个合适的时机让两人正式结婚了。嘉子小姐的生活费是由当军需工厂高管的哥哥付的，因而藤木先生即将成为富豪的亲属，前途有望。他的朋友中已经有人因此在拉拢他了。

　　"男人真是难懂啊。"

　　"这我就放心了。既然这样，即使在路上碰见，我也不怕了。"贞子虽然嘴里这样说，心里却怅然若失，垂下眼去轻轻叹了口气。

二十一

第二天，贞子等田所律师一来便对他说，长时间以来承蒙他照顾，这次有个贴心的朋友开了茶馆，请她去帮忙，所以不得不去那边。田所大概也看出，如果自己不同意，贞子可能已经做好了找机会逃走的心理准备，于是他极其平静地说：

"原来如此，既然这样也就没办法了。还是习惯的事情好做呀。谁都是这样。让你干酒馆记账这种不熟悉的工作，是我强人所难。但是，你如果现在就走，我也找不到替代的人啊。在我找到人之前，辛苦你从这里去上班如何？茶馆最近十一点就需要关门，对吧？这样的话，在代替你的人来之前，可以继续麻烦你吗？"

贞子从仅剩不多的存款中，把田所垫付的六百日元还清，已经不欠他人情了，但是衣柜、梳妆台之类的也不能立刻找到地方放置，于是决定在找到公寓之前，从旅馆花云庄到池之端的如月上班。然而，去的第一个晚上，贞子就大吃一惊，因为和往常相比，蝶子接待客人的态度发生了骤变。

四五名女招待都是新面孔，人品也和以前的女招待不同。在包厢的阴影里与客人调笑，还强迫客人点吃的喝的，完全就是传说中可疑的郊区咖啡馆。事到如今，贞子也不能中途离开，只好在店里一会儿躲到这里，一会儿藏到那里，还假托为客人买香烟跑到外面好几次，等待着闭店时间的到来。蝶子刚才就已经喝醉了，她在最靠里的包厢，靠在客人身上，开着极其下流的玩笑，还把贞子叫过去坐在他身边，说道："这个人漂亮吧？她失恋了，正悲观着呢。你安慰安慰她呀。"还说："我也一样呀。下回我们三个人一起出门去吧。"

贞子恼怒地想要起身。不过很快到了店门口熄灯的时间，酩酊大醉的客人们吵吵嚷嚷互相拥挤着向外走。女招待们把座椅收拾好，开始打扫卫生。新的调酒师是一个年纪才二十七八岁、头发抹得油亮亮、格外白净的男人，贞子以为他也要帮忙打扫，却见他低声和蝶子说起话来。贞子无意间发现，他们动作亲密，并不避人耳目。她正在观察之时，那个男人叫道："贞子，大家会打扫的，今晚你可以先回去了。"贞子感到莫名其妙，于是回家路上借机向一名同路的女招待问道：

"他不是调酒师吗？"

"他是呀。他们是一对恋人，一起工作挣钱。真让人眼热看不下去。"

贞子大吃一惊，只得回应道："哎呀，是吗？太羡慕了。"

"不久前他还在车站外面的'杰克'呢。你在哪里坐车？"

"广小路。"

"我在京成坐车。那就再见了。路上小心。"

贞子独自一人站在松坂屋的十字路口，等着开往向岛的电车。短暂分别中蝶子的巨大变化在她脑海里挥之不去。津村老师突然抛弃蝶子和模特在一起，说不定是因为他发现蝶子乱来，和调酒师好上了。这个姑且不提，照那家店和客人的情况来看，也不是今后的好去处。可是，今晚就这样回到向岛，像以前那样当田所律师的玩物，她也决不愿意。若是没有住的地方，风餐露宿也无所谓……等了很久电车也不来，所以贞子借着深夜的凉风，一边向上野方向走去，一边伸手从手提包里拿香烟。就在这时，她的手触碰到了存折。当初足有千元的存款，在和藤木一起生活的两年之间，补贴每月的生活费，还有这次意料之外的慰问金，现在仅剩不到百元了。接下来，不管是否愿意，都必须尽早考虑生计，当个女招待或是办事员……

她从铁道桥下来到上野站外，浅草方向开来的电车正驶过电车大街，视野开阔，能一眼看到菊屋桥。不知何时，街上已经没有人影，尽管炎热，两侧的商店却都关门闭户，连在外纳凉的人都没有。就在贞子走向清岛町的车站等电车的时候，对面来了三四个醉汉，高声地骂骂咧咧，脚步踉跄。贞子为了躲避他们，转到了旁边的横街。她准备从后街绕回电车大街的时候，突然听到后面有人"喂！喂！"地高喊。她以为又是醉汉，没有回头就开始小跑。却听见有人喊："喂，站住！"飞快地追上她，突然抓住了她的肩膀。她吃惊地回头一看，原来是穿着白衣服的巡警。

"你为什么要逃跑？"

"我没有逃跑。"

"你不就是在逃跑吗？我一叫你就跑，为什么？"

巡警死死地盯着贞子的脸，然后一言不发地从旁推搡贞子的肩膀，安静地向前走。贞子不知道这是怎么一回事，只好在他的推搡之下无可奈何地来到派出所外面。巡警对站在那里的同事耳语一番，然而问他：

"你叫什么？"

"清岛贞子。"

"贞子？真是个奇怪的名字。你这个时间从哪里来？"

"上野。"

"去哪里？"

他一边问一边夺过手提包，隔着衬衫摸摸贞子的身体和胸部，又一件件翻手提包里的东西，很快就找到了一张纸。

"喂，这不是酒馆的账单吗？你到这种地方去做什么？是去卖淫吗？"

贞子完全不知道自己居然放了这样一张纸条在手提包里。可能是在花云庄账房里写错了字，怕被人看见，就随手塞进了手提包，自己却忘了。她不知道该作何解释，正不知所措时，巡警叫她过去，打开了派出所里头的一扇门，让她进了一间两块榻榻米大小的日式房间。接着，又教育她说，身为日本人却身穿洋装，梳西式发型，简直是岂有此理。接着又竭力侮辱她，问她的身体究竟值多少钱，五元还是十元，然后把她留在那里就离开了。

贞子十八岁的时候曾经被关在警察局的拘留室里，因而她回忆起当时的情况，胆战心惊地想，今天一定也会被关进去。可是另一方面，她感到反正自己也没有可以安心睡觉的地方，在哪里过夜都是一回事，在极度的绝望中，她反而怄气起来，连一滴眼泪都流不出来。她圆睁着长睫毛乌溜溜的眼睛，在昏暗的灯影下目不转睛地凝视着天花板。

她觉得都过去了一个多小时的时候——实际上也就三十分钟左右，另一个巡警终于打开了门，把刚才拿走的随身物品扔给她，说：

"今晚就这样吧，出去。"

贞子穿好鞋子，无精打采地走出派出所，向着菊屋桥的方向走了大概半条街。一路上她既不回头，也不向前看，一直低着头，好几次脚步踉跄差点摔倒。

她抬眼一看，一对男女站在车站，既看不到电车的灯光，也听不见远处来车的声响。风已经停了，天空不知何时变得阴沉沉的，压得人喘不过气来。到底是秋天快到了，夜露寒凉，露在洋装之外毫无遮挡的双臂和没有穿布袜的双脚感到彻骨的寒意。她回头望去，派出所的红色灯影已经看不见了。贞子发现自己不知何时来到了田原町的拐角，即使没有电车，只要过了吾妻桥，倒也可以走到向岛。正因为目的地是个旅馆，所以晚一点也没有关系。但是，田所律所昨晚没有来，今天晚上一定在等着自己。一想到这，她的步子便迈不开来。

广小路还有两三个摆摊的，几个洗衣服没回家的。晚上出门玩耍归家的行人依然来来往往。贞子担心走到雷门的警察岗亭又会遭到盘问，于是急急忙忙改道来到对面的柏油路。她悄悄观察岗亭，发现并无异样，仍然和平常一样人群聚集，于是她放下心来，就这样上了吾妻桥。对面走来一对男女，男的穿着工装，女的身着单衣和服，怀抱婴儿，正在大声争吵。身后走来了三四个人，都是身穿洋装、描眉画眼的女子，像是要去公园表演戏剧的艺人。她们放声大笑着，不知何时走到了贞子前头。贞子混在这些人当中，顺利地走过了桥对面的岗亭。

二十二

越智坐夜车从轻井泽到达上野的时候，拎着沉重的手提包，伫立在入口的角落，注视着争抢出租车的人们——不，其实是只好注视着他们。

自从汽油配给和车费开始严格控制，在市区乘坐出租车不再是件容易的事。隔上五分钟到十分钟才会有一辆出租车在车站外落客。一看见车来，等得焦头烂额的人们便会一瞬间聚集起七八个人来，推开还没付完钱的乘客，争先恐后挤上车。也有人死死地抠着打算空载而去的出租车窗户，被车向前拖拽着，还不忘大声斥骂司机。

越智出生于自江户时代就居于这座大都会的世家，继承了传统的教养，习惯于读书与思考的生活。结果，从学生时代起，就如见了蛇蝎一般憎恨那些借助时势见风使舵、沽名钓誉、赚取钱财之徒，自身更是体会到了怀才不遇的失落。不，应该说他在有所体会之前，就早已开始憧憬落伍者的悲哀和随之产生的诗意。就说现在，他面对眼前出租车乘客的争斗，便立刻把它作为现代特有的一种社会现象来观察，并且一直在思考，逃避这一争斗的道路是否存在于彼方。安慰没来得及上车之人困惫的，最初是冷笑嘲讽，接下来便是醒悟与放弃。他或许是在探究落伍的原因，再通过这种探究去寻求心灵的满足。

越智再也拿不动这沉重的旅行包，把它放在地上。他在火车上就没有找到座位，一路站过来，早就腰酸背疼。他环顾四周，想找个地方休息，发现有好几个人坐在出入口宽阔台阶右侧的栏杆上，还有些或靠或蹲。既有摘下帽子抱着外套乘凉的人，也有怀抱孩子喂奶的女性。接着，他无意间留意到，就在略远一点的地方，有一位背朝着他、似乎正借着街灯光芒读书的、身穿洋装的年轻女性。她那纤弱的脖颈、卷曲的发梢、小巧的肩膀，似乎在哪里见过，激起了他作为年轻男子的些许好奇。他在台阶走近两三步一看，出乎意料地叫道：

"这不是贞子小姐吗？"

贞子听见人唤她，回过头来，逃也似的慌忙站起来，抬头仰望站得比她高两三级台阶的越智，立刻道："哎呀，越智先生。"她眨巴着长睫毛的双眼，借着四周的灯光一动不动凝视着越智的脸庞，忘记了膝盖上的小说和手帕已经掉落在地，也不去捡拾。然后一言不发地低下了头。

"我以为你会打来电话，一直等着。你就住在这附近？"

"嗯，不是。"

贞子内心汹涌澎湃，不知如何应答。贞子昨天、前天都和今晚一样，漫无目的地在外徘徊，为了将归家的时间一拖再拖，随便找个地方打发时间。她想尽早离开向岛。而蝶子的新店，她也一次都不愿再去。她为了寻找出租房间、公寓之类的栖身之处，寻找职业避免忍饥挨饿，每天在酷暑笼罩中的城市里四处奔波。一到晚上，就不得不像个乞丐似的待在这种地方。这就是她眼下的境遇。贞子又该如何坦白这一切呢？她虽然想坦白，可是回忆过去，尤其是去向岛之后的浅薄与厌恶，她就感到羞耻得如坐针毡，恨不得寻到时机立刻逃走。

车站的钟敲响了十一点。越智把台阶上的皮包拿过来放在脚边，观察着贞子的神色，说道：

"我们走走吧。就像上次那样。"

越智以前即使出入咖啡馆和舞场，也从没产生过与女招待和舞女调笑的念头。偶尔遇到碰巧认识的女人，他也喜欢逢场作戏吃顿饭看个电影，那是因为琐碎的闲谈勾起了他的兴趣。前一阵，大约两个月前，他偶然和贞子一起在市之谷的护城河边并肩散步。当时，他不知不觉间产生了一种此前面对这种女性从未有过的温柔情感。越智幻想着和不如自己有教养、也没有身份的可怜女性之间不带有责任的恋爱乐趣，即如同莫泊桑的心理小说《男人的心》中描写的那种恋爱。思想感情极度凝练的男人，比起上流社会妇女的复杂情绪，更能在旅馆女仆坦率的动作中体会到官能上的偶然安慰——这就是与此相近的心情。这种心情因为今晚的意外邂逅而变得更为强烈，让他把平日的克制与谨慎抛到了九霄云外。

"我家里人都去轻井泽了，所以家里一个人都没有……"

贞子的内心因为这句话轰鸣作响，让她喘不上气来。她告诉花云庄的人还要接着去蝶子店里，所以十一点已经是她需要回去的时候了。一想到这里，她感到哪怕是明天不会再来，他只要今天这一个晚上可以收留自己，都是无比快乐、无比幸福的。在欣赏着夏日夜晚的明月，漫步于护城河畔的时候，自己忍不住请越智先生雇佣自己当女佣，他并没有忘记。自己没有值得依赖的人，为什么不早一些打电话投靠于他呢……贞子连周遭的视线都无暇顾及，伸出双手抓住越智外衣胸口，把额头顶在他的领带上，说道：

"越智先生，我……"

越智微微弓背，把手搭在身材娇小的贞子肩头，说：

"去我家吗？"

"嗯，去。"

"走一走也许就有出租车了。"

"挺沉的吧？我帮你拿。"

"好啊，今晚我们也能走多远走多远吧。"

"嗯，我们从水池边走。"

"挺沉吧？我把明天吃的东西也装里面带回来了。"

"女佣也不在吗？"

"都在那边。"

"那你真的就是一个人了。"

"房子太大，还挺孤单的呢。"

"看你说的。到了你家，我给你做点吃的吧。越智先生，别看我这样，下了厨房手艺还不错呢。"

还没来到三桥附近，两个人就碰巧找到了出租车。

※　※

越智家的房子就在市之谷左内坂的坡道中部，从他父辈那一代开始就住在这里。他们在坡底下了车，越智拉着贞子的手，从紧闭大门旁的偏门进了宅院。树木茂密的西式玄关，石墙之外便是邻家院子的树丛。山手一带宅院集中，因为坡陡而几乎没有汽车通行。这里的景象，宛如贞子曾经出嫁的小日向水道町的宅子。七八年前失去的幸福，仿佛今晚又一次回到身边。同时她又感到，这欢愉很快又会变成一场梦，分离的悲哀一定会再度袭来。那会是在明天早晨，还是三四年之后呢？她不由得猜想，那会在何时。

他们绕过正面的玄关，来到厨房门口，打开荷包锁进了屋。屋里没有留下看门人，从那里直到里面的客厅都收拾得很干净，仿佛随时可以离开。越智说，他已经把有可能被贼人盯上的东西都收进了仓库。

越智五六年前从西洋回来后，曾在一个旧蕃华族某某家的文库工作，但他找寻机会辞了职，只想不与时代变迁发生任何纠葛，躲藏于自己喜欢的道路安静嬉戏。基于这样的想法，今年他已三十过半，却依旧孑然一身。

贞子有意无意把话题引到这个方向，越智笑笑，开玩笑岔开话题说，暂且不要问也不要提彼此的过往，这样对双方都好，不必无谓地担忧。听他这样一说，贞子才感到今晚此地，即使他问起自己昨晚之前的命运，也明显皆是难以启齿之事，于是就着越智从包中取出的三明治和水果罐头一同填饱肚子，闲聊片刻银座大街餐饮店的评价、咖啡馆的传闻。不久，就在这些闲话渐渐中断之间，两人听见经过护城河畔的电车不知何时已经悄然无声。在敞开的窗外，茂密的树丛中，传来物体轻落的声音，或许是露珠滴落，又或是枯叶飘散，不知是蚯蚓还是其他虫子也开始吟唱。在夜深人静的庭院，这样的声响让寂寥如潮水席卷而来。

"凉快多了。这样就能睡着觉了。"

"我把窗户关上好吗？"

"外面有纱窗，蚊子进不来的。"

越智把外套脱掉，一个人进了隔壁的卧室。贞子留在长椅旁，她把腰带摘下来搭在上面，侧耳倾听逐渐大起来的蚯蚓声响，感到这声音似乎也和过去在小日向宅子里听过的一样。今晚这意外的欢愉，恐怕是此生最后的幸福。这令她正在解开洋装摁扣的手指都不由自主地颤悠悠、慢吞吞。越智见她如此，或许认为她是羞怯，于是把手伸向墙上的开关。书房和虫鸣的庭院变得同样漆黑，在敞开的房门那边，唯有一盏台灯，透过粉红色的灯罩，把同样粉红色的光芒投射在洁白的床单上。

听声音越智似乎已经先躺下了。不久，香烟的味儿随着擦火柴的声音飘过来。贞子把袜子卷起来藏在长椅下，赤着脚踮起脚尖踩在柔软的地毯上，借着朦胧的台灯光线，一步一步靠近香烟味传来的地方。她走得越近，心脏就越发怦怦作响。她把散在脸颊上的头发左右分开，停下了脚步。但她又像是因为只穿了一件贴身内衣而害羞，忽然横下心来，奔跑一般，又如飞也似的来到台灯旁，她的脸庞，还有整个娇小的身躯，都立刻扑在男人的胸脯上。

※　※

叶尖雨珠的滴落声和蚯蚓的声响还在耳边。贞子守护着昏暗的台灯光芒下熟睡的男人，一动不动地深深凝视着他的脸庞。想要对他讲的所有话语，想要向他倾诉的一切，贞子都在心里默默地重复——越智先生，越智先生，我想早于你死去。面对死亡的时候，我想先来。请听我说，越智先生，即使我先死，你作为一个男人，也一定不会像我这个女人一样不幸。请听我说，越智先生，这是我唯一的请求。女人的自尊心和虚荣心，我已经都不再拥有。我的身体已经不配拥有这些东西了。所以，越智先生做的事，无论是怎样的侮辱，怎样的虐待，只要是来自越智先生之手，对于我来说都是一种幸福。女佣也好，小妾也好，我都无所谓。只要是越智先生方便，我一点都不在乎。所以，我求求你，越智先生，请不要比我先死……

越智在黎明时分忽然醒来的时候，贞子已经不知何时睡着了。她规规矩矩地闭着嘴，紧闭的眼睑之间，上下的长长睫毛合在一起，散在男人手臂上的头发凌乱不已，她的半张脸掩埋其中，双手在胸前合十。越智难以抑制怜爱之情，把贞子眼睛上缠绕的头发一丝丝地轻轻抚向耳后，过去恋人从未消失的身影却又出现在内心深处，挥之不去——那是从法国归航的轮船上、连将来都已细致规划的胜枝。然而这位年轻的钢琴家归家之后仅仅两个多月便因病离世。越智回忆着她当时的身影。五年之后的今日，思想与生活比电影片段还变化迅猛的今日，他静心思考，感到艺术家的夭折，尤其是与憧憬西洋艺术之人的告别，毋宁说对其本人是一种幸福。与之相反，越智今后不知多少年，都不得不在他身体存活的时候度过无聊的生活，无论他是否愿意。失意是放荡的魔法药水，反抗在堕落的黑暗中寻找藏身之处。就在他面临精神危机的一个夜晚，在街头的灯光之下意外地遇上一个无依无靠的女子，此时的欢愉如同在没有尽头的彷徨路上找到了今晚的栖身之处。在没有定数的旅途中得到了没有定数的旅伴。在只因不死才过下去的生活中，迎娶一心追求知识与名誉的名门闺秀又有何用？虽因遭受迫害而愤慨，却又缺乏报复的恶意，抽泣流淌悔恨的泪水，却没有领悟谛观的气力——这种饱受屈辱的妇女，恐怕才是求之不得的伴侣。败落之家的破损花瓶，比起牡丹，和无名的杂草野花更为相称……

　　黎明的寒气从窗缝中渗进来，冷醒了贞子。她知道越智正一动不动凝视着自己，但她此时并不想避开，她同样注视着男人的面孔。两个人都没有说话，一直看着对方的脸，直到双眼疲惫，才静静合上。

　　蚯蚓的声响已经听不见。窗外，麻雀开始叽叽喳喳。

二十三

"你看，只剩三天时间了，真快呀。"

"又来了。你不要那么伤心。我说贞子，你要是这么想留在这里，就再不要走了。我不会把你赶出去的，你住到什么时候都可以。"

"嗯，我明白。我就是说说而已。对不起。"

越智和贞子互相搂着对方的肩膀，坐在后院木栅栏边装有水泵的井盖上。

正值八月过半的正午，不仅是宅子的庭院，附近每一棵树上，都有油蝉在枝头鸣唱，寒蝉昨天也加入进来，一起无休无止尽情歌唱。井边茂盛的槐树投下一树阴凉，然而立秋之后总是一碧如洗的苍穹，任由阳光灼烧整个地面，凤仙花、牵牛的叶片不堪灼热而枯萎。忽然一只大蜻蜓在强光下忽闪着透明的翅膀，落在牵牛花的藤蔓稍上，又立刻飞走，寻找其他落脚之地了。越智专心地目送它远去，说道：

"你不用道歉。我明白你的心情。这就像一场梦啊。到明天、后天，就已经十天了。"

"真的像是一场梦。我在上野偶然遇到你，然后来到这儿，事情就发展到这一步了。我觉得这一点都不真实。"

贞子在炫目的阳光下，半闭着眼睛，眺望着遥远的天边，目送着缓缓流动的秋日云朵中形态格外特别的那一朵。

两人那夜偶然在上野相遇，来到这个无人的宅院，到今天已经八天了。他们过着犹如漂流到荒岛上的生活。厨房的米缸里还有米，架子上的油盐酱醋和橱柜里的咖啡、红茶、洋酒也还有不少，因而两个人当真只出过一次门，在天黑后去街上买过食品。七月中旬就已经告知大家宅子里会有一个多月无人，因此平常出入于此的人也并未来访。查瓦斯灯流量的人也还没有来。惊扰两人遁世之恋的，只有月明星稀的深夜，因乌鸦的追赶而突然响起的蝉鸣；被窗内灯光吸引，如同小石子儿般撞到玻璃窗的飞蛾；夜幕降临时，吹过庭院茂密枝叶，犹如傍晚骤雨一般的风声。残暑的白昼也并不显眼，却一天天地越来越短。

两人已经商量好两个方案，在二十号左右越智的妹妹领着女佣从轻井泽回来的头一个晚上之前，先找个旅馆之类的地方住下，然后直接去旅行，或是找一处公寓安定下来。

越智考虑的是，妹妹下个月中旬应该就会订婚，因此到时候可以辞退一个雇用已久的女佣。这样一来，到时候无论是让贞子到这个宅子里来，还是找个喜欢的地方两个人一起过，都是他的自由了，他人无需置喙。但是，如果眼下在家里无人的情况下，把一个当过女招待的女人领进家门直接留下的话，无论以何种名义，有何种借口，身边的人恐怕都不会认为贞子好。平时不太干涉他的亲戚必然会过问，首先，从妹妹的性格来推断，快要结婚的她说不定也会对贞子抱有敌意。越智虽然知道该如何不顾周围的反对一意孤行，但是，来之不易的恋爱让他无比陶醉，甚至疑为梦境，如果这种家庭的反目和纷扰残酷地将他惊醒，他将惋惜不已。为了尽可能延续这一陶醉，避人耳目，暗中相会才是上策。

不得不暂时分离的日子一天天逼近，就在明日了。准备晚饭的时候，因为距离邻家近，担心本该无人居住的房子里灯光明亮引起注意，所以他们总是在白昼日渐缩短的黄昏时分，趁着天色未暗飞快地做好晚饭。这一天暮色降临时，为了纪念在这个家里吃的最后一顿晚餐，菜品比平日多，因而两个人一起准备也仍然来不及，不得不慌慌张张合上了厨房的护窗板。

两人把饭菜搬到了书房的餐桌上。当他们喝完咖啡的时候，听见了蟋蟀在窗外的第一声鸣唱。或许是因为昨晚夜深之后一直下雨到今早天明，不仅是蟋蟀的叫声，还有这一夜风雨，都让他们在这灯光之下，一清二楚地意识到，时节已和两人在上野初次相见之时不同，彻底入秋了。

"今天我们不要聊那些伤心话了，我们玩点什么吧。"

越智从抽屉里取出骨牌，问道："你会占卜吗？"

"我在拉福威尔学过。我们玩什么？你来看看我们俩的事吧。"

"万一结果不好怎么办？我可受不了你哭。"

"没关系。我才不哭。我一旦下定决心，就不会在乎了。"

"你一定是这样。"

越智一边洗牌，一边感到对贞子的爱难以抑制地从心底涌起，令他不由得发自内心地虔诚祈祷，希望这骨牌能够展示出可以让贞子快乐而安心的答案。他已经不把占卜当作一时的游戏了。

越智第一次在银座酒吧见到贞子的时候，感到她身上有一种优雅的哀愁所带来的温柔，有着不知不觉打动人心的力量，让他很是疑惑。当她说话，可话到嘴边又想不起来的时候，她会急切地寻找词语，眨上她睫毛长长的眼睛，把目光投向别处。她忽然有事的时候连忙跑过来的举动，展现出的不是轻率，而是孩子般的天真无邪，有着让人立刻产生恻隐与怜爱之情的魅力。同时，有时在某种场合下，她的清新甘美中又流露出不知在哪里习得的、只有都市女性才有的善于社交的妖冶。

在上野车站的台阶上，她听见身后有人忽然叫她，吃惊地站起来呼唤男人的名字，紧接着又默默无言，只是凝视着男人的面孔。当时的眼神，在欣喜中蕴含着无限哀愁。她的目光，越智至今依然铭刻在心。她不顾自己身在车辆行人不断经过的路边，双手抓住男人的外衣，支撑自己摇晃的身躯，轻率而大胆，却有着高雅醇厚的格调，完全不同于女招待引诱酒醉客人时的露骨淫贱，让越智难以忘怀。他忆起自己在巴黎时见过的拉丁区女性。唯有她们，至今还保留着一种轻浮与淳朴、诙谐与哀愁不可思议地混合在一起形成的可爱动人的性格，犹如莫里哀小说《特利比》的女主人公，还有缪塞笔下的咪咪潘松。他在贞子的姿态与性情中发现了与此酷似的东西。若是对这个街区女人打动男人的风情进行解剖，会发现它或许是漫画的轻妙，而非古典名画的雅致；它或许没有交响乐的悲壮之美，却有着流行歌曲的哀愁。

越智把骨牌一张张摆放在桌上，故弄玄虚地说：

"这个女王总是有爱慕她的男子追随。可是，女王还有更喜欢的人。她为了寻找这个人而逃跑。无论她如何逃跑，都会遭到其他的男人的阻挡……好像说得挺准嘛。"他又洗了一次牌，分成两沓，抽出最下面的一张给贞子看。

"是什么？"

"是黑桃A。"

"那这意味着什么都没有，所以，指的是遇不到最喜欢的人。这个好像是真的。"

"以前可能是这样的。不过现在可不是了。我说，你再帮我看看以后的事嘛。"

"占卜只能一次哟。据说，如果想占卜到满意的牌为止，反而会越来越不好呢。"

"可是我想知道以后的事。过去是过去，已经消失了。好也罢坏也罢，都无所谓的。"

"可是刚才的说得挺准呀。无论怎么逃跑都会有阻碍出现……向岛的事不就是这种情况吗？"

"我真不该告诉你那件事。你不会讨厌我吧……"

"过去的都已经消失了，有什么要紧？你的过去是不会破坏你的未来的。我这么认为……"越智观察着女人的神色，说："我说，贞子，到了旅馆，我们还是把放在向岛的东西都取回来吧。你一个人能去吗？"

"我是想去，可是……"

"你要是置之不理，万一出点问题也很麻烦

吧？奢侈品禁令应该是十月份开始施行吧？以前购置的东西很重要呢。"

贞子现在只带着装着化妆品、手绢和香烟的手提包。穿的衣服只有身上这一套。唯一一次出门买食物的晚上，经越智提醒，她才买了现成的连衣裙、内衣和化妆用具。如果明天要搬去宾馆，自然是很快就需要换洗衣物的。虽说如此，她实在不愿意再次跨进向岛酒馆花云庄的大门。光是那位田所律师头发稀少、胡须几根的脸，就已经让她在接下来的生命中连做梦都不愿意看见，单是想起来都浑身发抖。

"这可怎么办啊，无论如何也必须去一趟对吧？"

"要说起来，你是从那天晚上开始就行踪不明啊。他们也会担心。你至少应该写封信或者打个电话把行李先安排好。"

"好，那就这么办。你明天能陪我去旅馆吧？"

"那边去了也就知道是哪家，说不定能找个人替你去呢。旅馆我当然和你一起去咯。然后，等我妹妹回来我们就立刻去旅行。我会和你在一起，直到你的住处确定下来。"

“有劳你。我今天晚上把厨房里散乱的东西都收拾好。就像没来过人一样……”

“我就说只请过两三天帮佣，没关系的。”

“就算这样也太乱了。”

二十四
（越智孝一的日记）

八月……日

贞子从神田的旅馆搬到了麻布三河台的公寓。因为房间还没有收拾好，所以我俩晚饭是去银座吃的，然后立刻就回了公寓。我们有说不完的话，直到我坐最后一班电车回家。贞子把我送到了六本木的车站。

九月……日

每天亲戚们都轮番来家里询问妹妹照子的婚事。照子的对象是贵族院议员的儿子，据说才华横溢，还被提拔为这次成立的新政府某省事务官。我的亲戚至今为止都是官吏或者实业家。因此，又一位同等阶级的人加入，更显得我是个没有固定工作、不靠谱的人，被视为异类。但是，对于我来说这个结局更理想。妹妹的婚事，我也只需旁观。熟悉此类事务的亲戚会帮我处理好。我假托到某文库上班，早晨离家，中午之后到接近晚上十二点都在贞子房间里消磨时间。形势一眨眼就发生了剧变。昨日不过是已被埋葬的历史一章。我自己也同样属于过往。我若能与贞子共同一生，以现在的状态告终，必是一种无上的幸福。

九月……日

某文库现在正值晒书的时节，临时雇了两个学生帮忙，今天把一部分库存的抄本晾晒了。其中有两三种维新时幕府大臣写的日记，我读后格外感动。遭遇时代变革的人每天写下的记录，对于现在的我来说或许是宝贵的教训。

九月……日

贞子刚从旅馆搬到公寓的时候，表面上就是小妾的身份，所以我非常担心她会因此遭受迫害。这是因为，在旅馆的时候，我们听一位餐厅女佣说，静冈有一位商人，由于娶了妾而被抓到了当地警察局。警察不但拘留了他两天，还让他休了小妾，迄今为止每月给她的生活费也都作为罚金买了军事公债。他们还听说，名古屋那边有巡警逮捕了一个领着艺伎走在路上的男人，让他在派出所门口站了几个小时示众。但是，三河台的公寓和全东京任何地方的公寓一样，既住着女招待，也住着小妾。时不时有单身的女性办事员、商店的售货员投宿，也有和西方人同居的女性。所以不过四五天，贞子就大大方方地和我说着话在走廊里行走，也会牵着手出门。

　　总之，公寓的生活对于我来说是一种全新的体验。俗话说"居移气"，我在牛込自己家的时候，会在书房窗口倾听庭院里的树木在风中摇曳的悲鸣，凝视着壁炉里炭火燃烧的光焰，陷入郁郁寡欢的沉思。我发现与那时相比，在公寓的一个单间中无所事事，是更便于消磨时间的。至少可以无忧无虑地发呆。在这间迄今为止不知有多少人起居过的狭小房间，只有脏兮兮的墙壁和脏兮兮的榻榻米的房间，过着既没有过往纪念也没有将来计划的临时凑合的生活。仅此而已。我在这里，和一个曾经的女招待、一个没有家世的城里女人——穿着凑合的衣服，依从常识性的道德和大众趣味生活的女人同居，耳听路边的各种声音和收音机里的歌曲，用摆在便宜短腿桌上的凑合碗碟吃饭。偶尔深刻地感受到无法随时势变化的自身命运是多么无常，却又在这残败的境遇中添加了一味诗情。而这一切感慨，都是与这个名叫贞子的女人相遇后才体会到的。如果不存在与贞子的恋爱关系，我恐怕没有机会每天如此快乐地在一个公寓单间里吃混着籼米的糙米饭。一想到这里，我就会发自内心地感谢贞子。我想易于理解地对贞子解释我的这种心情，却苦于找不到合适的语言来描述。

眼下，贞子似乎沉浸在为自己信赖的男人所疼爱的圆满幸福中，没有考虑其他任何事情。她欢欣雀跃的模样、乐极生悲的眼神、面容和表情，令我不忍告诉她女人一辈子也不需要的知识、思想上的复杂问题。若是有可能，我也想让自己的思想感情单纯到如同贞子一般，彻底忘记民族和政治的问题。

九月……日

我和贞子的关系，从出人意料的地方传到了妹妹照子以及平素就不喜欢我的叔父耳朵里。这位以前是位县知事，几年前才退下来，现在什么都不做，依靠退休金度日。这件事源于照子的结婚对象家事先聘请私家侦探对我们兄妹进行的品行调查。双方亲属和媒人商谈的时候，提到了我在公寓里包养女人的事，不过这完全没有影响妹妹的婚事，仪式举行的日期已定在了十月三日。事后，叔父请来亲戚当中最为圆滑机敏的一位妇人，通过她间接询问了我有关女人的事情。他希望我能尽早正式结婚，成为越智家的一家之主，而如何处理女人的事可以放到将来再说。我冷静且简单地表明，自己将深思熟虑后再作答复。我早就没有成家立业、传宗接代、出人头地的想法，这与贞子是否存在毫无关系。我眼下不想考虑将来的任何事情。我正在烦恼，不知该如何立身处世。我所追求的生存道路和制度变革、政治状况毫无关系，而是和这诸种问题隔离开来的。让我哪怕只在一瞬间得以忘却这些苦恼烦忧，是贞子对我倾注的爱情力量，尽管它极其微弱。我每天来到公寓，晚饭前后，两人一起在街头寻找第二天的食粮，是多么快乐，又是多么悲哀啊。现在这世上的人，听我提及"恋爱"，恐怕首先感受到的，不是轻侮，不是厌恶，而是滑稽。在我看来，现代的青年人并未如同过去的人那样追求恋爱，重视恋爱。为了活下去，他们不可或缺的是优越凌驾的观念，是成为强者的欲望。这不仅是男子，女子也是同样，追求的并非恋爱，而是虚荣。这世上不是曾经有过一位妇人，因王妃的称号而迷惘，在遥远非洲山间奔走吗？恋爱是女子生死攸关的大问题——这已是逝去的往事。男儿为了理想与自由而战，无惧死亡，女子为了爱情与贞操舍身无悔的时代早已逝去。我有着普通人的健康，却无力追赶新兴的时代精神，这是为什么？我无法回答自己。或许我家的血统到我这里立刻开始显露出了颓废灭绝的征兆。从家谱上看，我的祖先既有名垂青史的武人，也有学者，夸张地说，我的家族血统恐怕正如老树的树干逐渐变成空洞一般，繁荣已逝，颓势渐显，沿着受自然法则支配，无法避开的道路走下去。

九月……日

妹妹照子本应在十月初结婚，但因了解到那个时候会实行灯火管制，所以改为九月中旬举行仪式。我和贞子的关系在亲戚中传开后，已经没有必要顾忌，因此我在下雨或是错过末班电车时便随意在公寓留宿。十年来，我只是偶尔吃日本的米饭。也从未在榻榻米上落座，或是铺上被褥睡觉。可是自从在贞子的房间起居，生活的外形也得以发生了改变。大酱汤和腌菜的咸味、膝头的疼痛、发麻等等我都逐渐习以为常。摩卡的香气、波尔多的芬芳和哈瓦那的烟，一切都犹如逝去的荣华梦，埋葬在悲伤却又令人怀念的遥远回忆中。进口食材在市面上还有所存留吧？还有办法搞到手吧？可是，我要斩钉截铁地对进口商品说再见。因为这种悲伤和作为新时代的落魄潦倒之人生存下去的心情是和谐的。让我把过去的梦想埋葬在回忆的深坛之中吧！

九月……日

今晚我正要准备回家时，突然感到一阵恶寒，冷得浑身发抖，因而决定再住一晚。贞子很担心，不知从哪儿借来体温计，我一测，是三十八度。可是身体越来越不舒服，第二次测的时候就到三十九度五了。天亮后医生来了。我记得医生和贞子在走廊下说话，但是我被送到医院去之后发生了什么，我就记不清了……

十月……日

听说头五天我的健康状况堪忧，医生担心我是肺炎，还说有可能引发心脏麻痹。幸亏，或是说不幸的是我保住了这条命。住院已经是第二周了。今天早晨的体温和脉搏都恢复了正常，还有一周到十天就可以出院。我刚从贞子那里听说，妹妹照子在我患病期间已经结婚，成为了某夫人，牛込的家里留下了一个长期雇用的女佣看家。因为我发病时，只有两天就是预先定好的结婚仪式了，所以无法临时延期。一开始是亲戚来了医院，向医生询问我的病情，这件事只告诉贞子。第二天妹妹也和亲戚一起来了，第一次见了贞子。她对贞子说，等我的病情好转，允许探视的时候通知她，她立刻和丈夫一起来看我，然后就回去了。贞子一边说，一边把妹妹当时送她的东西给我看。那是一个手提包和胸针，应该都是奢侈品禁令实施之前买的东西。

我想了解贞子和妹妹两个女人初次见面感受的第一印象是什么，以便事先考虑此后的应对方法，于是若无其事地询问她。但是，两个人交谈的时间非常短，贞子说的都是些场面上的奉承话，所以我暂时不再深问。

十月······日

我似乎正在迅速康复，从昨天开始忽然就感到食欲倍增，而且非常想去外面走走。因为医生建议再等两三天，所以我下午和贞子去理发店剪完头发之后，在陪护的护士搀扶下穿过走廊，来到会客室，凭窗眺望庭院。草坪上的花坛里，野菊花正在绽放，小阳春的和煦阳光洒在雁来红绯红的花朵上，刺激着我病后的视觉，让我从感官上明显意识到季节的变迁。和贞子初见是在今年夏天蝉鸣尚未响起的时候。夏天不知不觉过去，每年提醒我秋意渐浓的蟋蟀，今年听到它第一声鸣叫的时候，贞子正准备从牛込的家搬到神田的旅馆。我们两人明年再次听见蟋蟀的第一声鸣叫会是在哪里呢？今年的秋天眼看就要结束，冬天即将到来。被战火侵袭的各个国家的文化，是不是等不到复苏就将走向衰亡呢？一座座哥特式教堂是不是很快就会成为与金字塔相同的东西呢？我注视着盛期已逝、沐浴在晚秋阳光中的秋草，不觉感慨万千。就在这时，贞子做好头发换了衣服回来了。半个多月忙于照顾病人，她明显憔悴了。但是做好头发化好妆，也就不太显眼了。新做的套装穿在身上，显得她比以往活泼。我决定趁这个机会，把病中一直在考虑的事情向她坦白，于是靠近椅旁拉过她的手，说："我一出院，就带你回趟家。妹妹也不在了，不能把房子空着。"贞子一听，脸上的表情是喜忧参半："我可以跟你一起去吗？你的亲戚们会答应吗？"

"你不用考虑这些事。因为我想把那座房子卖了。"我回答道。

八月以来，社会发生了剧变，因而我感到，若要改变以往的知识主导的生活，最好的选择是离开祖父、父亲两代人以来居住的市之谷老宅，和贞子二人继续过令人怜悯的公寓生活。最好是为了朝夕弥漫于走廊里的鱼干恶臭而苦恼，因路边的噪声而备受折磨地活下去。我必须把这一如同婴儿一般与世无争的心情看作一种无法抑制的欲求。这与嗜酒之人为了求醉，与其用筷子夹起佳肴，更愿首先举起酒杯的欲求大概是相同的。这世上既然有人渴望加官晋爵，也就理应有人寻求与此完全相反的东西。倘若解剖分析如今使人所谓的成功、所谓的胜利为何物，或许就能明白，所谓落魄、所谓失意也并非如此令人害怕，让人悲伤。寄托着祖先荣耀的市之谷旧宅并不适合我的落魄生涯。有心之人一旦观察现代便能立刻发现的，不正是嫉妒羡慕仇恨的坏风气吗？这是没有获得成功的人试图将成功者拥有的东西据为己有的趋势。从这一点出发来观察，就可以轻而易举地解释现代社会发生的所有事变之真相，随之，远离这一可怕趋势的道路自然也就一清二楚了。我在确定这样的处世方针时，必须再次考虑的，是将会成为我余生伴侣的贞子的心情。必须考虑贞子是否如同一直以来我所见到的那样发自内心地自卑，是否已经连根拔除了想要成为世人所谓的"山手"①夫人的野心。我并不认为贞子过去

---

① "山手"是东京中心地区偏西地势较高的区域，当时的"山手"是高档住宅区集中的地方。

犯下的错误是女人的耻辱，反倒认为那是很好的训练，原因在于，贞子正因如此才无师自通地习得了谦让的品德。谦虚与反省的品德是属于前一个社会的，在如今的社会已经彻底湮灭。观察现代知名人物的行为大概就能了解。我对她抱有无限的爱情和怜悯，是因为我能够看见，谦虚的美德一直在她无意识的行为中时隐时现。过去时代的人所拥有的东西，她如今依然拥有。在这一点上，她不免和我同样成为了这个社会的落伍者。只要贞子没有丧失过去社会的美德，两个人的关系今后也将会持续下去。我为此而祈祷。

（昭和十七年①三月春分脱稿）

---

① 即 1942 年。